Der Fisch im Kirschbaum

PETER B. ZUNKE

Der Fisch im Kirschbaum

Bibliografische Information der Deutschen Nationalbibliothek:
Die Deutsche Nationalbibliothek verzeichnet diese Publikation
in der Deutschen Nationalbibliografie; detaillierte bibliografische
Daten sind im Internet über https://portal.dnb.de/ abrufbar.

© 2021 Peter B. Zunke
Satz, Umschlaggestaltung, Herstellung und Verlag:
BoD – Books on Demand, Norderstedt
ISBN: 978-3-7557-4505-1

Inhalt

Uferschwalben 7

Aus der feinen Gesellschaft 13

Abgestempelt 25

Kugelfaust 33

Ein Schritt zu viel 37

Hauteng 57

In der Bahnhofshalle 61

Unter Maulwürfen 65

Salamander 73

Der Fisch im Kirschbaum 83

Die Hähne der Nacht 105

Der Nachbar 133

Ein gelber Ball 139

Neugier 151

Treffen aber wo?   161

Inselkoller   169

Das letzte Rendezvous   189

Ausblick   201

Uferschwalben

Er lugte vorsichtig hinter dem Bauzaun hervor und konnte gerade noch erkennen, wie das Paar auf der Promenade stehenblieb, sich küsste und dann die hölzerne Treppe zum Strand hinunterstieg. Er wischte sich den Schweiß von der Stirn und folgte langsam. Zum Glück war es nicht mehr so heiß wie in der letzten Woche, aber auch jetzt Anfang September waren die Tage angenehm temperiert. Die Touristen lagen in den Strandkörben herum und einige planschten sogar im Wasser herum. Vor allem natürlich die Kinder. In ein, zwei Wochen wären auch diese deutlich weniger, dachte er. Denn dann sind die Ferien in allen Bundesländern vorüber und der ganz normale Alltag beginnt überall. Nur bei ihm sicher nicht.

Vor drei Wochen hatte er seine Ehefrau mit ihrem Liebhaber zum ersten Male Hand in Hand gesehen, zufällig; er war in diesem Vorort wegen einer Versicherungsangelegenheit – es ging um einen Wildschaden an einem Neuwagen – in diese kleine Straße eingebogen, da hatte er das Auto seiner Frau vor einer Gärtnerei gesehen, er war stehen geblieben, und während er noch überlegte, was sie wohl hier zu tun hätte, da war sie Arm in Arm mit einem hochgewachsenen Mann aus dem Laden gekommen. Sie hatte eine Rose, eine einzelne rote Rose in der Hand gehalten, hatte gelacht und an der Blume gerochen, war stehen geblieben und hatte den großen

Mann zu sich herabgezogen und ihn innig und lange geküsst. Das Paar war dann in ihren Wagen gestiegen und fortgefahren. Er selbst hatte wie angewurzelt reglos am Steuer gesessen und erst nach einer ganzen Weile war er wieder bei sich.

Das hätte er nie von ihr gedacht. Sie hatte ein Verhältnis. Einen Liebhaber. Einen Geliebten. Seine Frau. Und wie fröhlich sie ausgesehen hatte. Zu Hause war sie in den letzten Wochen immer sehr zurückgezogen, er hatte gemeint, sie habe sich verkrochen wegen der bevorstehenden Familienfeiern.

Offensichtlich ging das schon länger. Die beiden schienen sehr vertraut miteinander zu sein. Er setzte sich in seinem Sitz aufrechter und wischte sich den Schweiß vom Gesicht. Sein Blick war getrübt, das waren aber keine Trauertränen, es war eher so etwas wie Wut. Und dann hatte er begonnen, seiner Frau systematisch nachzugehen, nachzufahren, nachzuspionieren.

Da waren diese heimlichen Telefonate, wenn er ins Zimmer kam, hatte sie das Handy schon weggelegt. Einmal war er sogar fast von ihr erwischt worden, als er auf ihrem Handy nach der Adresse ihres Liebhabers, ihres Geliebten suchte. Er hatte er in dem Adressbuch nur die Namen der Freundinnen abrollen können, dann war sie schon auf dem Flur zu hören gewesen und er hatte das Handy schnell wieder auf den Schreibtisch gelegt. Und nun war er ihr hinterher gefahren, hatte zum Glück auch einen Parkplatz an der Strandpromenade bekommen und war ihr bis hierher gefolgt. Mit der hellen Windjacke und der schwarzen Stretchhose konnte er sie gut erkennen. Vor dem großen Hotel hatte dieser Mann, Ihr Geliebter, auf seine Ehefrau gewartet, sie waren sich fest in die Arme gefallen und hatten sich lange geküsst, dann in enger Umarmung waren sie die Promenade entlang zum Hundestrand gegangen und nun die Treppe zum Wasser hinunter. Er stand oben und schaute vorsichtig, ja, da waren die beiden, sie bewegten sich in Richtung Steilufer. Sie würden also am Steilufer entlang an der Wasserkante schlendern. Also passt das ja hervorragend, er würde oben folgen und dann mit seinem Handy die Bilder machen können, die laut Aussage seines Anwaltes ausreichen würden bei einem Scheidungsprozess. Denn das konnte er sich doch nicht bieten lassen, sie betrog ihn nach all den Jahren, und das in aller Öffentlichkeit. Wenn sie wenigstens so viel Anstand gehabt hätte, ihre Liebschaften heimlich zu treffen und in aller Stille und in verschwiemelten Hotels oder so, das konnte man doch immer wieder in Fernsehfilmen erleben, aber nein, sie tat es in aller Öffentlichkeit, am helllichten Tag ging sie mit ihrem Galan unter all den Menschen spazieren, als ob daran nichts Verwerfliches wäre. Alle sollten es wohl sehen, und wenn jemand aus ihrem Freundes- und Bekanntenkreis sie erwischen sollte, dann war das eben so. So würde sie sich das wohl gedacht haben. Falls sie überhaupt etwas gedacht hatte. Er hatte bei seinem Hinterherschleichen fast den Eindruck gehabt, dass sie gar nichts dachte, sondern schlicht und einfach nur glücklich war und alle Welt darüber vergessen hatte. Auch ihn.

Direkt am Wasser ging das Paar durch den Sand, dann erhob sich allmählich das Steilufer. An der Wasserlinie lagen herabgefallene Felsbrocken, Geröllhaufen und angeschwemmte Äste. Auf dem ausgetretenen Pfad oben am Rande schritt der Mann wacker aus, blieb immer wieder stehen und lauschte, wenn von unten das Lachen der Frau zu hören war. Dann wagte er auch einen raschen Blick hinunter, das Handy schon gezückt, aber augenscheinlich gab es für ihn noch keine so offensichtlich belastende Situation unten an der Wasserkante, die er im Bilde festhalten wollte.

So ging es immer weiter westwärts. Das Ufer wurde steiler und höher, unten schlugen kleine Wellen an die abgerutschten Felsbrocken, oben zeigten sich in den vielen kleinen Löchern kurz unter der Kante die ein- und ausfliegenden Uferschwalben, hoch oben in der Bläue kreischten Möwen und folgten einem Fischkutter, der in den Hafen einfuhr. Der Mann oben lugte immer wieder hinab und beobachtete, wie der große Geliebte die Frau über Felsbrocken hob und sie sich dann jedes Mal eng an ihn schmiegte und glücklich lächelte, oft küssten sie sich, aber für ein Foto auf dem Handy war es meist zu spät. Der Ehemann oben an der Kante ging vorsichtig und schaute sich oft um, aber da waren keine anderen Menschen zu sehen, er war allein dort oben. An diesem Tag schienen nur wenig Leute den Weg am Steilufer nehmen zu wollen.

Dann kam die Wegstrecke, an der die Stadtverwaltung mit einem rotweißen Absperrband den Rand des Steilufers abgesperrt hatte, weil in der Woche zuvor ein gutes Stück Erde abgebrochen war und nun unten in der See lag. Man hatte auch davon in der Bürgerschaft gesprochen, der Ehemann war durch die Zeitung informiert worden, dass man von Seiten des Bürgermeisters überlegte, den ganzen Spazierweg neu festzulegen und zwar sehr viel weiter landeinwärts, denn es war damit zu rechnen, dass bei den Herbststürmen weitere Abbrüche erfolgen könnten; und man musste schließlich als verantwortliche Behörde an die Gefährdung der Bevölkerung denken und Sorge tragen, dass keiner zu Schaden kam.

Das flatternde Absperrband hob er an und tief gebückt schlich er an den Rand. Ja, dort unten waren sie. Gerade hob der Geliebte mit seinen sichtlich kräftigen Armen die Frau über einen angeschwemmten Baumstamm, sie hielt ihn fest und küsste ihn. Der Mann oben auf dem Pfad hob sein Handy und machte zwei, drei Bilder davon. Dann gingen unten an der Wasserkante die beiden weiter, Hand in Hand, lachten laut auf und die Frau deutete auf den Horizont. Die Seeschwalben zeigten sich unbeeindruckt von den beiden Wanderern, ebenso die Wellen.

Der Mann oben am Steilufer schritt langsam voran, er wollte mit den beiden unten wandernden stets auf gleicher Höhe sein. Dann lag ein ziemlich großer Baum quer über den Strandweg zwischen den Felsbrocken; der große Mann kletterte behände über das Hindernis und wandte sich dann zu der Frau, nahm ihre beiden Hände und zog sie behutsam aber kraftvoll auf die andere Seite. Dort lachten beide, schmiegten sich aneinander, die Hände des Liebhabers glitten unter die Jacke der Frau, diese lehnte sich an den sperrigen Baumstamm und überließ sich nur zu gern den forschenden tastenden Händen ihres

Geliebten. Der Mann oben richtete sich etwas auf und drückte fleißig auf den Auslöser seines Handys, dann rutschte er weg. Sein halblauter Aufschrei verwehte im Wind, er fiel hinab an den Fuß des Steilufers. Sein Kopf zerplatzte auf einem Granitfels, das Handy in weitem Bogen stieß zunächst gegen einen kleinen Stein, prallte ab und versank dann zwischen einem Hühnergott und einem Miesmuschelhaufen in der See. Möwen und Seeschwalben hatten das Ereignis nicht weiter beachtet, es betraf sie nicht. Das Paar am Fuße des Steilufers hatte nichts mitbekommen und ging engumschlungen weiter bis zum nächsten Ort. Dort setzten sie sich an der großen Landungsbrücke in das Fischlokal und aßen Schollenfilet mit Kartoffelsalat. Für die Rückfahrt nahmen sie den Postbus.

Aus der feinen Gesellschaft

Jutta Pahlke schaute aus dem hohen Fenster, das zur Straße ging. Sie reckte den Kopf auf ihrem dürren Hals vor und steckte die etwas spitze Nase ganz weit hinaus, denn sie wollte unbedingt Frau Scheuer erblicken. Das war ihre Nachbarin, die sie auch nicht leiden konnte; aber sie wusste von Frau Delonge, die sie gestern über den Gartenzaun gesprochen hatte, als sie vorsichtig ihre Rosen beschnitten hatte, dass heute morgen Frau Scheuer zur Drogerie gehen wollte. Und weil Jutta nicht nur von Natur aus neugierig war, sondern Frau Scheuer auch nicht leiden konnte, hoffte sie, dass sie aus den Einkäufen ersehen konnte, ob endlich das eingetroffen war, was sie sich schon so lange gedacht oder besser erhofft hatte, dass nämlich Frau Scheuer unter einer Blasenschwäche zu leiden hatte. Denn sie würde sicher bei dem Sonderangebot einen Haufen Erwachsenenwindeln eingekauft haben. Und so spähte Jutta eifrig aus dem Straßenfenster ihres Wohnzimmers, ja, sie zappelte sogar mit den Füßen, die auch heute wieder in den warmen Hausschuhen steckten. Denn Jutta fror sehr leicht, und sie trug auch im Sommer diese fellgefütterten Hausschuhe. Sie konnte kalte Füße nicht leiden, das war schon in ihrer Ausbildung so gewesen, damals hatte sie im Labor gelernt und musste oft in den weiß gefliesten Räumen bei ziemlich kühlen Temperaturen die Versuche durchführen, die der Laborleiter ihr aufgetragen hatte.

Seit der Zeit war sie gegen Kälte allergisch, wie sie ihrer Damenrunde, mit der sie seit über dreißig Jahren Bridge spielte, nicht müde wurde mitzuteilen. So hatte sie mehrere Bettjäckchen und einige Schals, die sie auch gern zu den Mahlzeiten trug.

Seit sie vor mehr als zwanzig Jahren das Haus von ihrer Mutter geerbt hatte, lief die Heizung auch im Sommer, und nur selten, so wie heute, öffnete sie eines der Fenster. Viel lieber schaltete sie den Ventilator an und ließ die warme Luft durcheinanderwirbeln und hatte dann die Vorstellung, es sei ein kleiner Luftzug, der sie erfrischen könnte. Im Wohnzimmer standen noch die meisten Möbel ihrer Mutter, denn sie konnte sich nicht trennen, weder vom durchgesessenen roten Sofa, das doch so herrlich bequem war, besonders beim Fernsehen, wenn am Nachmittag ihre Lieblingssendung Bares für rares lief, sie erregte sich dann über die jeweiligen Verkäufer, wie die sich wieder nur für das Fernsehen herausstaffiert hätten oder wie viel Geld diese Händler dann für den meist kunstvollen Schrott an Geldscheinen hinblätterten. Sie selbst war umgeben von diversen Kunst- und Kitschfiguren, die zum größten Teil auch von der Mutter ererbt waren, da war der bronzenen Elefant, den ihr Großvater aus Thailand mitgebracht hatte, oder die drei holzgeschnitzten Affen aus Japan, eine porzellanene Tänzerin aus den Zwanzigern, die ihre Mutter einmal beim Tanzturnier gewonnen hatte, und nicht zu vergessen die umfangreiche Schneckensammlung, diese jedoch hatte Jutta selbst gesammelt, für sie war die Schnecke das ideale Tier: es war lautlos, bellte oder miaute nicht, fand sich niemals innerhalb einer Wohnung, war nur draußen in der sogenannten Natur und tat sich vor allem gütlich an den Beeten von Frau Scheuer, was Jutta besonders erfreute. Sie genoss es jedes Jahr aufs neue, wenn Frau Scheuer laut schimpfend die Schnecken absammelte und in einem großen Steinkrug ertränkte. Als sie das erste Mal das Gekreisch ihrer ungeliebten Nachbarin gehört hatte, wunderte sie sich zunächst über all die denkwürdigen Ausdrücke, die Frau Scheuer kannte Nun ja, sollte sie noch weiter hier am offenen Fenster stehen? Und wenn sie sich nun erkältete, wenn diese dumme Frau Scheuer schuld daran wäre, dass Jutta erkrankte? Das könnte der so passen! Nein.

Energisch schloss Jutta das Fenster und zog die Vorhänge zu. Sollte die doch bleiben, wo der Pfeffer wächst, es gab hier im Haus wahrlich genug zu tun. Und dann setzte sich Jutta in das gemütliche Sofa und nahm erst einmal einen Schluck Kakao aus der leicht angestoßenen Henkeltasse von Tante Gisela. Die Tasse hatte ihr die Tante Gisela zum bestandenen Abitur geschenkt, denn sie war davon ausgegangen, dass Jutta Pahlke dann irgendwo studieren würde und für eine Studentenbude brauchte man auch Geschirr und eine etwas größere Tasse, eher ein Becher, den konnte eine junge Studentin sicher gut gebrauchen. Aber es war anders gekommen. Nach dem Abitur war Jutta erst einmal zur Erholung mit ihrer Mutter nach Berchtesgaden gefahren, dort hatte sie einen jungen Mann kennengelernt, der sich in sie verliebte, und der hatte einen Arbeitsplatz als Speditionskaufmann ausgerechnet im Hamburger Hafen. Also fuhren sie alle wieder in den Norden und Jutta begann eine Ausbildung im Chemielabor, an den Wochenenden traf sie sich dann mit dem jungen Mann, bis sie eines Tages merkte, dass dieser sich auch noch anderweitig orientiert hatte und im Tusculum seine homosexuellen Freunde traf. Angesprochen auf seine Bisexualität gab der das auch offen zu, er brauche eben die Abwechslung, und der Wechsel von weiblichen und männlichen Partnern eröffne ihm ganz neue Welten und erweitere sein Bewusstsein ungemein. Jutta gab ihm folgerichtig den Laufpass und widmete sich ganz ihrer Ausbildung und später dann der Arbeit, sie galt als ehrgeizig und strebsam, fleißig und genügsam, mit der Mutter lebte sie ein geruhsames, einförmiges Dasein ohne größere Höhepunkte, nur alle zwei Jahre machten sie eine kleine Reise, nach Dänemark oder Amsterdam oder, aus alter Anhänglichkeit der Mutter an ihre Jugendzeit, an das Steinhuder Meer.

Es klingelte. Jutta schaute auf die Uhr: Punkt zehn. Das musste Herr Bartels sein. Den Herrn Bartels hat Jutta auch von ihrer Mutter übernommen, er war sozusagen ein Faktotum. Seit über dreißig Jahren werkelte er schon hier in Haus und Garten herum, strich die Fensterrahmen oder beschnitt die Obstbäume, fegte den Schnee im Winter vom Bürgersteig und stutzte die ziemlich hohen Buchsbaumhecken, die den Garten an drei Seiten so schön von den neugierigen Blicken der Nachbarn abschirmten. Jutta stand auf und ging nach unten, wo Herr Bartels schon in der Küche auf einem Schemel Platz genommen hatte. Jutta goss ihm eine Tasse Kaffee ein, dieses Ritual hatte schon ihre Mutter so gemacht und sie sah keinen Grund, daran irgendetwas zu verändern. Sie setzte sich an den Küchentisch, stützte die Arme auf die blankgescheuerte Tischplatte und sie beredeten, was heute an diesem Tag zu tun sei. Das Beschneiden der Rosen war wieder einmal fällig und die große Gartenschere musste geschliffen werden, außerdem sollte Herr Bartels den Rasenmäher aus der Werkstatt abholen, er war vor vier Wochen dorthin gebracht worden zur Generalüberholung und zum Schleifen der Messer. Dann sollte Herr Bartels sich noch einmal die Fenster im oberen Stockwerk ansehen, ob die so noch über den Winter kommen könnten oder ob da wieder einmal etwas Farbe erforderlich sein würde. Nach den diversen Aufträgen und nachdem auch die zweite Tasse Kaffee ausgetrunken war, ging Herr Bartels an sein Tagwerk und Jutta stieg wieder in den ersten Stock in ihr Wohnzimmer.

Sie hatte es sich gerade auf dem Sofa gemütlich gemacht mit einer noch halbvollen Dose Konfekt und ihrem neuen Buch, da hörte sie es rascheln. Es war kein eigentliches Rascheln, es klang eher nach einem Getrippel, einem Schurren oder Ziehen als ob vielerlei Dinge über eine Platte huschen oder eine kleine Melodie zart angeschlagen würde auf einem Becken und dann immer wieder kurz unterbrochen wurde von einem Gepolter wie von einer gedämpften Kesselpauke. Jutta war sehr geräuschempfindlich, das war schon immer so gewesen; wenn in einem anderen Stadtteil die Feuerwehrsirene anhub, dann hatte sie sich schon als Kind die Ohren zugehalten und die Augen fest verschlossen.

Nun schaute sie eher ärgerlich als ängstlich an die

Decke ihres Wohnzimmers; die Geräusche kamen eindeutig von oben. Sie erhob sich und stieg die steilere Holztreppe empor, die zu dem oberen Stockwerk führte. Dort verhielt sie und lauschte. Ja, da war etwas, oben, auf dem Dachboden. Als ob ein unbenanntes Dinges hin und herhuschen würde, als wenn ein Wischmopp herumgeisterte, in alle Ecken schaute und eine Art Tanz hinlegte. Dieses Wischen und Tapsen, das Ploppen und Ziehen, nein, das klang nicht wie Mäusegetrippel, das klang gänzlich anders. Mäuse hatte sie schon gehört, das war vor einigen Jahren gewesen, das war kurz nach dem Tode der Mutter gewesen, sie hatte nicht achtgegeben und da war ein Fenster im oberen Stockwerk offen geblieben und von dort aus mussten sich die Mäuse wohl in das Haus geschlichen haben über die Regenrinne vermutlich. Sie hatte erst Herrn Bartels mit der Beseitigung dieser unangenehmen Tiere beauftragt, als dieser es nicht geschafft hatte, musste sie wohl oder übel den Kammerjäger anrufen. Das gab natürlich wieder Gerede der Nachbarn, bei der Pahlke sind Ungeziefer oder gar schlimmeres im Haus oder ähnliches, sie hatte es sich damals gut vorstellen können, was man da alles über sie geredet hatte; insbesondere Frau Scheuer hatte sich da wohl hervorgetan, wie sie beim Einkaufen gehört hatte.

Jutta Pahlke schaute aus allen Fenstern und bemerkte Herrn Bartels hinten im Garten, er hielt den Rechen in der Hand und fegte alte Blätter zusammen. Jutta öffnete das Gartenfenster und nahm die bronzene Handglocke, die der Großvater aus Java mitgebracht hatte. Sie sollte angeblich aus einem Tempel stammen und ihr Klang vor bösen Geistern schützen. Jutta schüttelte die kleine Glocke heftig hin und her, Herr Bartels drehte sich nach ihr um. Jutta winkte und er kam langsam auf das Haus zu und blieb unten stehen, schaute erwartungsvoll zu ihr hoch und sie erzählte ihm, dass auf dem Dachboden irgendetwas sei und er möge doch demnächst einmal nachsehen, was das denn nur sein könne. Er nickte und ging wieder zurück zu den vertrockneten Blättern. Jutta schloss das Fenster und setzte sich an den Tisch. Sie lauschte, aber alles blieb ruhig. Nur ein Auto hielt mit quietschenden Bremsen ganz in der Nähe. Sie ging zum Straßenfenster und siehe da, Frau Scheuer stieg aus einem weißen Lieferwagen und der Fahrer, ein junger Schnösel mit einer Kappe auf dem Kopf, der öffnete die Seitentür und nahm drei, vier große braune Pakete heraus und trug sie Frau Scheuer in ihr Haus. Also doch! Jutta nickte vergnügt, sie hatte es doch geahnt, Frau Scheuer hatte nur keine kleine Packung der Windeln gekauft, sondern gleich vier Großpackungen erworben. Sie wollte es wohl so aussehen lassen, dass sie erst einmal für einen Monat genug im Hause hatte, oder war etwa ihre Blase noch undichter geworden als Jutta angenommen hatte? Auf jeden Fall freute Jutta sich, sie hatte Recht gehabt wie so oft.

Dann hörte sie die festen Schritte von Herrn Bartels, der die Treppen heraufkam und dann die Bodenklappe öffnete und die Zugleiter herabzog. Sie wartete geduldig und ließ genüsslich eine Praline im Munde zergehen. Lange hörte sie nichts, dann wieder Herrn Bartels Schritte und das Quietschen der Dachbodenleiter. Es klopfte an die Zimmertür, Jutta rief »Herein!« und Herr Bartels kam. Er berichtete, dass auf dem Dachboden sich wohl eine Gruppe von Mardern eingenistet habe, er habe eindeutige Spuren gesehen sowie auch den Kot gerochen: »Da muss man möglichst schnell etwas unternehmen, sonst bekommen die da oben noch viele Junge und dann wird es wohl ordentlich laut werden. So Marder sind sehr umtriebige Tierchen, und sie beißen in alles, was da rumliegt. Immer hinterlassen sie viel Müll und Dreck, vor allem Dreck. Ich würde Ihnen raten, sofort den Kammerjäger anzurufen.«

Jutta dankte ihm und griff zum Telefon. Die Nummer des Kammerjägers hatte sie gespeichert und nach kurzem Tuten erklang dessen Stimme und bat um Nachrichten nach dem Piepton. Jutta schilderte, dass sie seine Hilfe zur Marderbekämpfung benötigte und gab ihre Adresse durch, dann legte sie wieder auf. Herr Bartels grinste und ging dann wieder in den Garten. Jutta legte sich auf das Sofa und dachte zunächst daran, was das wieder alles kosten und ob es wohl schnell gehen würde.

Als der Kammerjäger nach drei Tagen immer noch nicht zurückgerufen hatte, nahm Jutta das Telefon und wählte nach acht Uhr abends noch einmal dessen Nummer. Nach kurzer Zeit wurde dort abgehoben und eine Frauenstimme meldete sich. Jutta sagte, sie wolle gern den Kammerjäger sprechen, und nach einigen Minuten war dieser auch am Telefon und meinte nur kurz und knapp, dass er keine Zeit und Lust habe, bei ihr zu arbeiten, sie solle sich gefälligst einen anderen suchen, seine Nerven seien ihm viel zu schade für eine Tätigkeit bei

Jutta. Dann legte er auf. Jutta hielt entrüstet ihr Telefon ganz fest und schimpfte wie ein Rohrspatz auf diesen undankbaren Menschen, der sich ein gutes Geschäft entgehen ließ. Dann sah sie sich im Telefonbuch nach einem anderen um, der sie von ihren Untermietern auf dem Dachboden befreien konnte. Am nächsten Tag rief sie dann die neue Nummer an und siehe da, der neue Kammerjäger sagte ihr sein Erscheinen am nächsten Tag zu.

Jutta informierte Herrn Bartels und stand dann am nächsten Tag eher auf, kleidete sich besonders sorgsam an und als es klingelte, öffnete sie persönlich die Haustür. Sie war nett und freundlich und gemeinsam mit Herrn Bartels stieg der neue Kammerjäger, ein Herr Zimmermann, auf den Dachboden. Jutta wartete in ihrem Wohnzimmer und trank derweil Kakao.

Nach einer guten Stunde kamen die beiden Männer wieder herab und zu ihr. Herr Zimmermann erläuterte, wie viele Fallen er aufgestellt habe und dass er dann in drei Tagen nachschauen würde, ob sich schon etwas getan hätte. Dann ging er und Jutta verabschiedete ihn, nicht ohne ihm einen Zwanziger in die Hand zu drücken. Dann huschte sie schnell in ihr Wohnzimmer und schob die Gardine zur Seite, sie wollte sehen, welches Auto der Kammerjäger bestieg. Zu ihrer Zufriedenheit stieg Herr Zimmermann in einen ganz normalen Wagen ein, ohne jegliche Firmenaufschrift. Jutta hätte am liebsten in die Hände geklatscht, so sehr freute sie sich darüber.

Denn sie hatte schon befürchtet nach den Erfahrungen beim letzten Mal, dass die Nachbarschaft sich wieder den Mund zerreißen würde, wenn es überall bekannt geworden wäre, dass bei ihr wieder mal ein Kammerjäger zu tun hätte. Besonders diese Frau Scheuer hatte beim letzten Vorkommnis vor einigen Jahren sich nicht zurückgehalten und lauthals beim Kaufmann erzählt, dass »die Wohnverhältnisse bei dieser Frau Jutta Pahlke wohl nicht die Allerbesten seien, denn das wisse man ja, wenn erst der Kammerjäger kommen müsse, um die Ordnung wieder herzustellen, dann tummele sich das Ungeziefer wohl schon mitten im Wohnzimmer, von den Zuständen in der Küche oder gar der Speisekammer gar nicht erst zu reden. Es sei ja auch kein Wunder, wenn man sich das anschaue, was diese Jutta Pahlke so alles einkaufe, das seien doch förmlich Einladungen an alle Arten von Untieren, Ratten, Mäuse und Läuse würden sich schon die Servietten umbinden, wenn die Pahlke mit ihren Einkaufstüten durch die Haustür käme.«

Am Abend lauschte Jutta und hörte zunächst nichts von oben. Doch später, als sie die Nachrichten im Fernseher abgestellt hatte, da waren wieder kratzende und schurrende Geräusche vom Boden zu vernehmen. Nach drei Tagen kam Herr Zimmermann wieder und ging auf den Dachboden, er kam hochzufrieden mit einem Jutesack wieder zurück.

»Hier sind die Übeltäter drin. Ich hoffe, ich habe sie alle erwischt. Sie sollten jetzt wieder Ruhe haben unter Ihrem Dach, gnädige Frau!«

Jutta fühlte sich sehr gebauchpinselt. Gnädige Frau, wenn das nur die Frau Scheuer von nebenan hätte hören können! Das hatte jahrelang keiner zu ihr gesagt. Und sie nickte als Gnädige mit dem Kopf und winkte Herrn Zimmermann zum Abschied freundlich zu.

Nach einer Woche kam dann seine Rechnung und Jutta fiel fast die Brille von der spitzen Nase. Mit so viel hatte sie wahrlich nicht gerechnet. Aber immerhin, oben auf dem Dachboden war und blieb es still, und dieser Zimmermann war gleich gekommen und hatte offenkundig gute Arbeit geleistet. Am nächsten Tag schritt sie hocherhobenen Hauptes zur Sparkasse und überwies den hohen Betrag.

Abgestempelt

Sie sah kompetent aus, energisch und sachlich, so wie sie ihn ausfragte. Aber sie war ja auch die Leiterin des Ordnungsamtes. Das Haar trug sie halblang in einer Bobfrisur, leicht nach innen gerollt, etwas blondiert, die gestreifte Bluse war zwei Knöpfe von oben geöffnet und die graue Stoffhose über den flachen Sommerschuhen saß perfekt an ihren Hüften. Ihr Gesicht schien ungeschminkt, aber Herr Krüger war sich sicher, dass sie für ihr Aussehen jeden Morgen etwas tat, nur er konnte es nicht erkennen; auf jeden Fall war kein Lippenstift, kein Make-up deutlich zu sehen. Aber was wusste er denn schon von den kosmetischen Geheimnissen einer Frau. Bislang war er nur mit wenigen Frauen zusammen gewesen, auch die Mutter seiner unehelichen Tochter war diesbezüglich sehr zurückhaltend gewesen, keine von denen hatte ihm gestattet, in ihr Bad zu kommen oder gar ihr beim morgendlichen Zurechtmachen zuzuschauen. Er war also auf das angewiesen, was er von seiner Schwester gehört, erlebt oder gesehen hatte. In deren Studentenbude hatten nur ein paar Dinge auf der Glasplatte über dem Waschbecken gestanden, ein Eyeliner mit der Haarbürste, im Plastikbecher die Zahnbürste mit der Tube Blendax, ein Kamm, neben dem Waschlappen hing ein Haartrockner am Haken und ein Föhn. Ach ja, ein kleines Fläschchen Parfum stand neben einem Porzellantöpfchen Creme griffbereit. Das war alles, soweit er sich erinnerte.

»Für den neuen Pass benötige ich noch neue Bilder.« sagte Frau Lemke mit ihrer klaren angenehmen Stimme.

»Hier bitte, ich habe noch ein paar vom letzten Jahr, da holte ich mir doch den neuen Perso bei Ihnen ab.«

Herr Krüger zog aus seiner Brieftasche die drei Passfotos im weißen Umschlag und legte sich auf die polierte Tischplatte.

»Die sind nicht mehr gültig. Jedenfalls für den neuen Pass. Wir brauchen von ihnen Passbilder, die höchstens ein halbes Jahr alt sind.«

Mit einer Tut-mir-leid-Miene schob Frau Lemke ihm die alten Passfotos wieder hin. Er steckte sie ein und erhob sich.

»Gut, dann geh ich in die Stadt und lass mir ein paar neue machen. Die werden aber auch nicht besser aussehen als diese hier. Ich hab mich ja im seit dem letzten Jahr nicht mehr verändert. In meinem Alter, wissen sie …!«

Frau Lemke lächelte kurz und schaute ihn an:

»Ich kann es nicht ändern, alles muss nach Vorschrift gehen. Und Sie möchten doch auch nicht, das ich Ärger bekomme oder Sie keinen neuen Pass. Wozu brauchen sie eigentlich einen Pass?«

»Meine Tochter wohnt jetzt in den Vereinigten Staaten und ich möchte sie gern besuchen. Und wenn man in die USA reisen will, braucht man einen gültigen Pass und eine Impfbescheinigung.«

»Ah ja. Dann kommen Sie doch Donnerstag um drei wieder mit den neuen Bildern, wir können die Formulare schnell ausfüllen und sofort geht alles nach Berlin zur

Bundesdruckerei und etwas später, in etwa drei Wochen, erhalten Sie den neuen Pass. Den können Sie sich einfach und unproblematisch vorn an der Rezeption abholen, dafür brauchen Sie dann keinen besonderen Termin. Sie erhalten mit der Post die Bestätigung, dass der Pass eingetroffen ist. Sie müssen dann nur noch herkommen und ihn persönlich abholen, weil Sie ihn ja in Gegenwart einer Amtsperson unterschreiben müssen.«

»Ah ja, ich verstehe, in Gegenwart einer Amtsperson also. Gut, ich werde Donnerstag wieder bei Ihnen vorbeischauen, mit den neuen Passbildern. Auf Wiedersehen.«

»Auf Wiedersehen.«

Herr Krüger stand auf und ging, schloss die Tür sehr behutsam und ging seines Weges.

Amtsperson, er dachte noch lange darüber nach, welche Amtspersonen er schon erlebt hatte in seinem Leben.

Da war der großspurige Bürgermeister gewesen, der bei den Schützenfesten im Dorf immer auf seinem Pferd in einer Fantasieuniform dem Schützenzug vorangeritten war und oft wegen des ausgeschenkten Doppelkorns am Ende der Parade seitlich vom Gaul herabgerutscht war und dann friedlich schnarchend im Straßengraben geschlummert hatte. Oder der Prüfer beim Führerschein, auch eine Amtsperson, der ihn dieses vermaledeite Anfahren am Berg dreimal hatte wiederholen lassen, ehe er sich dann endlich doch mit verkniffenen Lippen zu einem »Sie haben bestanden.« bemüht hatte.

Und da war noch der freundliche Amtsrichter; er selbst war als Zeuge geladen, es ging um Diebstahl und eine anschließende vermeintliche Vergewaltigung, die Frau jedenfalls hatte das behauptet, sie wollte aber, wie sich dann in der Verhandlung herausstellte, nur ein gehöriges Schmerzensgeld aus dem Angeklagten herausquetschen, dieser Richter nun, eine respektable Amtsperson, der hatte ihn ganz freundlich befragt und ihm wirklich zugehört, war eingegangen auf alles, was Herr Krüger zu sagen hatte und hatte ihm das Gefühl vermittelt, dass es mit dem Rechtsstaat schon seine gute Bewandtnis habe. Aber trotz seiner Freundlichkeit hatte er den Angeklagten nach dessen Überführung zu drei Jahren Haft verurteilt.

Aber dann kam ihm der graue Gerstenberg in den Sinn. Das war wahrhaft eine Amtsperson, der Herr Gerstenberg mit seinen spärlichen grauen, sorgsam gescheitelten Haaren, der hinter seinem Schreibtisch aufrecht und kalt seinen scharfen Blick auf den vor ihm stehenden Bürger richtete, so das jeder sich wie ein kleiner Bittsteller vorkommen musste. Dabei ging es nur um Beurkundungen von Bauplänen, Grundstücksübertragungen oder Schenkungen, alles Dinge, die Herrn Gerstenberg im Grunde gar nicht berühren konnten. Dennoch verhielt er sich den Ratsuchenden gegenüber, als erweise er den Bittstellern eine unermessliche Wohltat, wenn er sich herabließe, für diese etwas zu erwirken oder gar zu verrichten. Im Grunde war er ein auf diesen Posten in die unterste Kelleretage des Rathauses abgeschobener Beamter, der bis zu seiner Pensionierung hier unten hocken würde und ein fast vergessenes Dasein führte. Nur selten musste ein Staatsbürger sich zu ihm herunter bemühen, die meisten ließen derartige Grundstücksangelegenheiten von ihren Anwälten schriftlich oder per Post durchführen, dann konnte Herr Gerstenberg nur ein paar Stempel auf Urkunden drücken oder musste im Grundbuch etwas ändern oder streichen. Er selbst wurde im Laufe der Jahre auch immer grauer, als ob der ewige Staub der Pergamente und zerfallenden Amtspapiere sich in seine Adern schleiche und ihn von innen her allmählich vergrauen ließe. Als Herr Krüger das erste Mal zu ihm in den Rathauskeller hinabsteigen musste, bekam er fast eine Gänsehaut. Die etwas zischende Stimme und diese starren sturen Blicke ließen ihn an eine Art von Reptilien denken oder an eine Gipsfigur, an ein Denkmal, die Statue des ewigen Staatsdieners, der unermüdlich Dokumente ordnet und in seinem Archiv jedes Stück auf Anhieb finden kann. In seiner Fantasie schien es Herrn Krüger so, als sei dieser Beamte mit seinem Sessel fest verwachsen. Das war ihm der allerunangenehmste Staatsdiener, dem er jemals begegnet war.

Er schüttelte grinsend den Kopf und ging in den ersten Stock des Kaufhauses, er brauchte schließlich neue Passbilder.

Mit den neuen Bildern ging er dann eine Woche später wieder ins Ordnungsamt. Dort wunderte er sich über all die vielen Kinder, die schon im Wartebereich herumliefen. Er zog eine Nummer und fragte eine der durch den Raum eilende Sekretärin, woher denn all die Kinder kämen. Die junge Frau lächelte etwas unsicher und meinte, dass wegen Corona der gemeindeeigene Kindergarten geschlossen worden sei und viele der Angestellten und Beamten hätten erst zu spät davon erfahren, wie es denn eben so mit den Behörden sei, und nun müssten viele der Kleinen wohl bis zum Mittag hier in den Räumen bei den Eltern oder den jeweiligen Müttern bleiben, bis die Großeltern informiert seien und die Kinder abholen könnten oder sich anderweitig jemand fände, der sich um die Jungen und Mädchen kümmern könne und wolle.

»Zum Glück habe ich keine, noch nicht!«

Mit einem fast schnippischem Lächeln lief sie weiter hinter die Glastür, auf der in roten Lettern »Nur für Bedienstete« stand.

Auch der dreijährige Sohn Felix von Frau Lemke war im Büro seiner Mutter abgeliefert worden; er war ein aufgeweckter Junge mit der für sein Alter ziemlich großen Neugier auf die Welt und den Arbeitsraum seiner Mutter ganz besonders. Jetzt saß er ganz brav auf dem Besucherstuhl, seine Mutter hatte ihm ein paar weiße Blätter und bunte Stifte hingelegt und Felix malte eifrig, der Wald war grün und die Sonne gelb und rund und die Mama bekam einen großen roten Mund und da war noch ein Hund von undefinierbarer Rasse und ein Auto in schwarz wie vom Onkel Dieter und und und …

Als Herr Krüger in das Büro kam, schaute Frau Lemke eher bedrückt aus und Felix grinste und meinte, dass er es schön fände, wenn hier endlich mal jemand ihn besuchen käme.

»Oder willst du lieber mit meiner Mama reden über wichtige Dinge, wie sie nur die Großen reden können?«

Herr Krüger lächelte zurück und sagte, dass er nur seine Bilder abgeben wolle und dann müsse er seinen Pass abholen. Frau Lemke legte seinen neuen Pass auf ihren Schreibtisch, strich den Falz zurecht, um ihn offen zu halten, erhob sich, nahm die Passbilder und bat Herrn Krüger nach nebenan, um dort mit ihm die Bilder auszusuchen und zurechtzuschneiden. Das nahm einige Minuten in Anspruch.

Inzwischen hatte der eifrige Dreijährige den Sitzplatz seiner Mutter erklommen und mit den Utensilien, die dort lagen, herumgespielt. Später wiederholte er immer wieder, zuletzt in weinerlichem Ton, dass er der Mutter doch nur hatte helfen wollen. Seine Hilfe sah so aus, dass er von dem drehbaren Stempelhalter alle Arten von Stempeln genommen und mit diesen alles ihm erreichbare an Papieren abgestempelt hatte. Auf dem neuen Pass von Herrn Krüger stand jetzt unter der Rubrik – Besondere Merkmale: »ERLEDIGT«.

Kugelfaust

Unter dem hinsinkenden Mond trabte Kugelfaust auf dem Rappen durch die Nacht. Der treue lohfarbene Hund war schon weit voraus und erschnüffelte dies und auch das. Plötzlich verhielt Kugelfaust das Reittier, zog die Zügel fest an. Ein Geräusch vor ihm klang bedenklich. Langsam ließ sich das Pferd im Schritt um die Biegung des Flusses führen, dann lag im fahlen Mondlicht eine kleine morsche Anlegestelle. Dort hatte soeben ein Ruderboot festgemacht, drei Männer mit offenen Hemden und schon älteren ausgefransten Strohhüten zogen etwas Schweres aus dem Boot, sie keuchten und stritten sich offenkundig. Der Reiter kam leise näher und hörte, wie der dickste der Männer schimpfte und fluchte und sich die Hand hielt:

»Das verdammte Biest hat mich gebissen!«

»Warte ab, Manuel, wenn das Tier erst mal auf dem Grill liegt, dann läuft auch dir das Wasser im Munde zusammen.«

»Aber Felipe, weißt du denn nicht, dass unser Manuel jetzt ein richtiger Veganer geworden ist. Er kann sich nur noch von Maniokwurzeln und Möhren ernähren und schau auf seine Füße, er geht hier barfuß!«

»Ja. Er darf keine Lederschuhe mehr tragen, nur noch diese gesunden aus altem Segeltuch oder gar die aus Papier, aus den Zementsäcken gefertigt, das machen alle seine neuen Freunde so, und seit er verliebt ist in die schöne Dolores, da hat es ihn so richtig erwischt, da will er allen zeigen, dass er der Beste aller Veganer sein kann!«

»Sei doch still. Das hat nichts mit Dolores zu tun, das ist nur wegen der Umwelt.«

»Wegen der Umwelt? Und warum kommst du dann mit auf die Jagd in der Nacht, nur wegen der Umwelt, ja?«

»Die Peseten spielen wohl keine Rolle, was?«

»Was will der Koch aus dem Imbiss denn überhaupt bezahlen?«

»Er hat etwas von einhundert Peseten gesagt, aber das hängt sicher von der Größe des Tieres ab.«

Die drei Männer schleppten eine grüngraue über zwei Meter große Schildkröte ans Ufer und drehten sie auf den Rücken. Das gefangene Tier wedelte hilflos mit den Füßen und hatte den Kopf eingezogen.

»Nun mach schon, Manuel, gib ihr den Todesstoß!«

Da kam wie ein Sturmwind Kugelfaust herangebraust und stieß mit der eisenharten Rechten nach dem Manuel, der kippte ins Schilf und rührte sich nicht mehr. Kugelfaust sprang vom Pferd und schritt drohend auf die beiden anderen zu. Diese ergriffen laut aufheulend die Flucht zurück ins Wasser, hinein in das kleine Boot und mit den Rudern so schnell als wie möglich ab und weg, möglichst ans andere Ufer, wo sie sich sicher fühlen konnten.

Kugelfaust drohte ihnen mit erhobener Faust und sah ihnen nach, dann ging sie zu der mit den Beinen heftig strampelnden Schildkröte, drehte diese vom Rücken auf den Bauch um und gab ihr einen Schubs. Die große

Schildkröte ruckte mit dem Kopf und watschelte so schnell sie konnte auf das Wasser zu, dann ließ sie sich in die blaugrauen Wellen des Orinoco hineinplumpsen und tauchte gleich unter.

Kugelfaust schaute ihr noch eine Weile nach, dann pfiff sie ihren treuen Rappen und stieg wieder in den Sattel. Sie schaute sich um, da kam auch schon der Hund heran und blickte zu ihr auf. Kugelfaust klopfe dem Rappen auf den Hals und dachte, wie schwer es doch eine Frau in diesem Land hatte. Diese Männer wie der Manuel dachten alle die gleichen Dinge hinsichtlich der Frauen, die waren ja nur zum Essenkochen oder Liebemachen vom lieben Gott für die Männer dieser Welt geschaffen worden. Daran hatte sich in den letzten dreihundert Jahren nichts geändert. Kugelfaust grinste etwas schief und dachte, sie würde es schon einigen zumindest beibringen, dass auch Frauen eigene Wesen sind und genau so stark wie Männer sein können, sein wollen, sein werden.

Ein Schritt zu viel

Schon in der Silvesternacht hatte Almuth sich vorgenommen, den achtzigsten Geburtstag ihres Großvaters richtig zu feiern und ihm eine Anzahl ungedachter Überraschungen zu bereiten. Sie telefonierte, recherchierte, kontaktierte, agierte und schrieb und überredete, dann, es war schon nach Pfingsten, der große Tag rückte immer näher, hatte sie endlich alles beisammen, was, wie sie meinte, dem Opa eine Riesenfreude und Überraschung bereiten würde.

Opa Willi war ihr einziger noch lebender Verwandter; die beiden Eltern hatte sie bei einem Autounfall verloren und im letzten Jahr war Tante Annemarie gestorben nach langer und unangemessener Krankheit, es war eine Erlösung für sie gewesen. Nun blieb nur noch Opa Willi, den sie jede Woche besuchte, wenn es sich eben machen ließ.

In ihren Augen war er ein friedfertiger alter Herr mit einem verschmitzten Humor, der gern seinen Rotwein trank, aber nicht zu viel, er meinte zu ihr oft, dass er in seinen jungen Jahren so manches Mal übers Ziel hinaus geschossen habe und an die vielen Brummschädel könne er sich noch gut erinnern, das müsse er nicht mehr haben. Ein Gläschen guten Rotwein, am liebsten auf der Veranda mit Blick in den Garten, vor sich auf dem Tischchen ein gutes Buch, eines von denen, die er schon seit Jahren fast auswendig kannte, so oft hatte er es schon gelesen; denn er las Bücher immer wieder, wenn sie ihm gefielen, wenn nicht, dann kam das angelesene Buch nach etwa fünfzig Seiten auf den Haufen, wo er die nicht mehr benötigten Dinge für die Sozialstation sammelte.

Da kamen noch gute Winterhandschuhe hin, seine alten Skier, das Gummiboot mitsamt der Paddel und natürlich vielerlei Kleidungsstücke. Die Enkelin Almuth half ihm dabei, und so hatten sie in den beiden Kleiderschränken im Schlafzimmer schon viel Platz schaffen können.

Jetzt am Nachmittag trat Almuth beschwingt durch die Diele herein und legte den Leinenbeutel mit den Einkäufen für die nächsten Tage in die Küche, dann ging sie auf die Veranda, wo ihr Großvater in einem bequemen Sessel den Nachmittag genoss.

Sie küsste ihn auf beide Wangen und setzte sich auf den anderen kleineren Stuhl, holte tief Luft und erklärte ihm dann ihren Plan:

»Also, Opa, weil du nun Achtzig wirst, da hab ich mir gedacht, wir machen eine Art Rallye, eine wie früher die altmodischen Schnitzeljagden. Nur jetzt acht Stationen, für jedes Jahrzehnt von dir machen wir einen Schritt, und das machen wir ab dieser Woche, jeden Samstag, da wird es nicht so anstrengend für dich. Denn du bist doch nicht mehr der Jüngste! Wie du immer sagst. Also, wir fangen am Sonnabend an, ich lade dich in meinen Wagen und dann geht es ab. Lass dich überraschen, ich denke, es wird ganz spannend für dich und für mich auch.«

Opa Willi trank einen Schluck Rotwein und lächelte. Er freute sich über den Enthusiasmus seiner Enkelin.

Am Samstagmorgen setzte Almuth ihren Opa dann in ihr kleines Auto und sie fuhren in die Landeshauptstadt. Dort bog Almuth ein paar Mal ab, sie kannte sich ziemlich gut aus, denn sie hatte dort studiert und auch ihre erste Arbeitsstelle am Dreiecksplatz gehabt; sie hielten vor einem langen und hohen Backsteingebäude.

»So, Opa, das ist der erste Schritt, also die erste Station. Ich wollte dich eigentlich vor dein Geburtshaus fahren, aber das haben sie abgerissen, wegen der Hochstraße zum Seglerhafen raus. Von deinem Elternhaus ist nichts mehr da, nicht ein Zaunpfahl. Wir könnten über das ehemalige Grundstück fahren, einmal hin und einmal her, aber ich denke mir, dass du davon nichts hast. Also habe ich nachgeforscht und hier, in dieser Klinik, hier in der Frauenklinik, da bist du zur Welt gekommen. Das muss dort rechts in der ersten Etage gewesen sein. Wir können da leider nicht hineingehen, ich hab das schon mal ausprobiert, aber die sind ziemlich streng am Eingang. Da kommen nur die wirklich Kranken hinein und natürlich die Frauen, die schwanger sind. Aber hier hat dein Leben sozusagen begonnen, und weil du immer so lustig gewesen bist, als Kind zumindest, wie du mir erzählt hat und wie ich auch von Mama und Papa noch weiß, da denke ich, dass wir nach der Besichtigung dieses ersten Erinnerungsortes nun an den Schreventeich fahren und dort schön Eis essen wollen.«

Und sie fuhren dann an den kleinen Park mitten in der Stadt und setzten sich auf eine der grüngestrichenen

Bänke am kleinen Teich, leckten an den Eistüten und schauten den Enten und Schwänen zu.

»Hier hab ich so manches Mal gesessen, weißt du,« sagte Opa Willi, »manchmal in der Nacht, im Sommer natürlich, wenn wir aus einer Theatervorstellung kamen und noch Durst hatten und die Kneipen waren schon geschlossen. Da hinten war eine Tankstelle, dort haben wir uns dann Bier geholt und einmal eine große Flasche Wodka, ja, das war nach dem russischen Ballettabend, und wir haben uns ganz fürchterlich besoffen. Ach, wie ist das lange her.«

Sie aßen ihr Eis auf und saßen noch eine Weile dort, Opa Willi erzählte von der Arbeit in Hafenanlagen und auch Almuth fielen wieder ein paar Geschichten von der Uni ein. Dann half sie dem alten Herrn wieder in das kleine Auto und fuhr ihn nach Hause.

Am nächsten Samstag war Opa Willi schon sehr gespannt, wohin es diesmal als zweiten Schritt gehen sollte. Almuth fuhr energisch, aber nicht zu schnell über kleinere Landstraßen hinein nach Niedersachsen, während der Fahrt erzählte sie, dass sie beim Austüfteln der Geburtstagsüberraschungen vielerlei Menschen kennengelernt hatte, aber:

»Weißt du, Opa, es war mit dieser Planung alles nicht so einfach. Denn die allermeisten der Menschen, mit denen du zu tun gehabt hast, sind ja schon tot. Und du hast ja kaum noch Kontakte gehabt, seit du wieder im Lande bist; ich musste mir alles aus den alten Klassenbüchern und den Schulunterlagen heraussuchen. Aber nun fahren wir ins schöne Nienburg, du erinnerst dich sicher noch gut an diese Stadt.«

»Aber Ja! Da sind wir hingezogen, denn mein Vater war ja Beamter und wurde dorthin versetzt, dort bin ich auch in die Schule gekommen. Wir haben lang dort gewohnt, und Mutter ist auch da verstorben. Ich war aber da schon weg, schon lange. Ich habe sie nicht mehr wiedergesehen. Eigentlich traurig. Aber was soll's. Ist vielleicht auch gut so, so habe ich noch sie als fröhliche Frau im Gedächtnis, die gern getanzt hatte, und ihr Lachen, oh ja, ich erinnere mich besonders an ihr Lachen. Das Lachen hat mir am meisten gefehlt, in der Fremde. Da hab ich so manche Dinge getan, sie hätte sicher herzhaft darüber gelacht. Oh ja, Mutter war schon so eine, sie hatte das Herz auf dem rechten Fleck!«

Sie fuhren über helle Landstraßen hinein in die Stadt an der Weser, durch den Ortskern hindurch bis zur Bismarckstraße. Dort hielt Almuth vor einem großen dreistöckigen hellgestrichenen Gebäude, dem man unschwer ansah, dass es eine Schule war. Viele Fahrräder standen teils in Ständern, teils aneinandergekettet auf einem geteerten Streifen vor dem großen Eingangstor.

»Warte ab,« Almuth schaute auf ihre Armbanduhr, »Noch eine Minute,«

Dann klingelte es laut und durchdringend.

»Die Schulglocke! Ja, ich kann mich noch an diesen Klang erinnern.«

Opa Willi schien ganz gerührt.

»Komm mit!«

Sie stiegen aus und Almuth führte ihren Großvater

durch den Eingang in das Gebäude. Die schwarzweiß gefliste Eingangshalle führte zu drei Gängen und einem großen Treppenaufgang.

»Jetzt musst du mir zeigen, wo damals deine Klasse war.«

Opa Willi überlegte kurz, dann wandte er sich nach rechts und schlurfte den hell gestrichenen Gang entlang bis zu einer braunen Tür, auf einem Plastikschild an der Wand daneben stand »Klasse 3a«.

»Hier war es. Hier bin ich eingeschult worden. Und es sieht so aus, als wäre das noch die alte Tür. Ich meine, von außen haben sie eine Menge gemacht an dem Haus, aber innen, ja, das wird noch die alte Tür sein zu meiner Klasse.«

Opa Willi strich langsam und fast zärtlich über das Holz der Tür. Er blickte auf die lange Reihe der Wandhaken, an der jetzt nur vereinzelte Jacken hingen.

»Hier war es, ich bin sicher; das war meine erste Klasse.«

Gedankenvoll gingen sie wieder hinaus ins Freie und Almuth fuhr ihren Großvater zu einem Restaurant am Fluss, wo sie auf der Terrasse im Freien ihr Mittagsmahl einnahmen und dem regen Verkehr der Lastkähne und vielen Freizeitschipper in ihren weißen Motorbooten zusehen konnten.

»Ach ja,« seufzte Opa Willi, »ich habe oft hier am Wasser gespielt, mit dem Sohn von dem Kiosk, wo wir immer die bunten Bonbons bekamen. Wie hieß der nur? Ich habe es vergessen.«

»Das macht nichts. Ich habe noch eine Überraschung

für dich. Hier lebt noch eine deiner ehemaligen Mitschülerinnen, und dort werden wir unseren Kaffee nehmen, wenn es dir recht ist.«

»Eine Mitschülerin? Von damals? Mein Gott, wie alt muss die denn jetzt sein?«

»Die wird so alt wie du sein, Opa. Aber lass sie das nur nicht merken, du weißt ja, wie komisch Frauen reagieren, wenn man sie auf ihr Alter anspricht.«

Sie lachten beide und dann fuhr Almuth sie in zu einem Altersheim in einem der Vororte. Sie parkten unter einer Linde und Almuth führte Opa Willi hinein. An einem Zimmer im Erdgeschoss klopfte sie an und sie gingen hinein, auf dem sonnigen Balkon war der Tisch schon gedeckt für drei Personen und in einem geflochtenen Rohrstuhl saß eine kleine alte Frau mit fast weißen Haaren, die durch eine getönte Brille die Ankommenden musterte.

»Nein, dich hätte ich aber nicht erkannt, wenn ich dich so auf der Straße getroffen hätte!« rief sie aus.

»Aber Entschuldigung, wer sind Sie denn eigentlich?«

»Ich bin Gerlinde, Gerlinde Graumann. Ihr habe mich immer nur GG gerufen, und du musst also Wilhelm Alexander sein. Der große Kurfürst! So haben wir damals immer über dich geredet, aber nur unter uns Mädchen.«

Opa Willi setzte sich auf den angewiesenen Platz, er schloss seinen vor Überraschung weit offenen Mund und schluckte, dann lächelte er und drückte Gerlindes Hände lange und fest.

»Gerlinde! Gerlinde Graumann. GG. Nein, wie ich

mich freue! Dass du noch da bist! Und wie gut du aussiehst. Aber was ist mit deinem Rücken, der ist ja ganz krumm geworden, bist du krank?«

»Na ja, das Alter. Du kennst das sicher. Auch die Beine wollen nicht mehr so, und nach der letzten Operation …«

Und Gerlinde erzählte von ihren schweren Operationen im Unterbauch und den Schlafstörungen, aber sie habe jetzt ein neues Medikament, das wirke so gut, ob Willi denn auch so etwas brauche?

Und Opa Willi entgegnete, dass er nur ein paar Pillen fürs Herz brauche und ansonsten sich sehr wohl fühle und noch täglich lange Spaziergänge mache. Und Gerlinde wollte alles wissen, denn:

»Du bist ja damals einfach weggegangen, nach der vierten Klasse, ich weiß gar nicht mehr, wohin.«

»Das kam, weil meine Mutter mich auf ein Gymnasium schicken wollte, sie meinte, dass ich das Zeug zu einem guten Akademiker hätte, und ich sollte mein Abitur machen. Und das natürlich auf einem Gymnasium ihrer Wahl.«

»Und du hast tatsächlich dein Abi gemacht?«

»Ja, das habe ich. Oben in Rendsburg, am Kanal. Aber was hast du denn so gemacht, bist du immer hier geblieben?«

Und Gerlinde erzählte, dass sie erst die mittlere Reife gemacht und dann in einem großen Kaufhaus gelernt habe, nach ein paar Jahren habe sie schließlich ihr eigenes Geschäft mit Miederwaren, Trikotagen und feiner Wäsche für Damen aufgemacht.

»Das lief auch sehr gut, auch jetzt noch, denn trotz

Internet wollen die Damen doch bestimmte Dinge immer noch angemessen bekommen und vor allem, die Problemzonen, besonders, wenn man so allmählich älter wird, dann sollen die Wäschestücke gewisse Sachen kaschieren, was die Natur an Pölsterchen oder Hautausdehnungen im Laufe der Jahre so verändert, das geht nur über direktes Anprobieren und ein bisschen zupfen hier und ein wenig schnüren dort oder mit elastischem Material, du weißt schon. Und das lief bei mir alles sehr gut. Und dann habe ich geheiratet, dann kamen die beiden Kinder, aber dann fing er mit dem Trinken, und ehrlich gesagt, in einer so kleinen Stadt, es war mir richtig peinlich, aber dann hab ich mich von ihm getrennt. Das Geschäft lief zum Glück auf meinen Namen, da brauchte ich ihm nichts zu bezahlen, und er ist dann fortgezogen, irgendwohin, ich glaube ins Ruhrgebiet. Und dann hat die Lotte, meine älteste, den Laden übernommen und es läuft noch immer ziemlich gut. Und du, was hast du so gemacht?«

Und dann musste Opa Willi erzählen, und auch seine Enkelin Almuth hörte genau zu. Denn bislang hatte er stets eine Art Geheimniskrämerei betrieben über sein lange Zeit im Ausland.

Wilhelm Alexander war nach dem Abitur nach Hamburg gegangen und hatte dort als Hilfsarbeiter in der Hafengegend gearbeitet, gleichzeitig aber hatte er sich am amerikanischen Konsulat beworben und er hatte Glück, ein halbes Jahr später erhielt er eine der begehrten »Green Card«, er konnte also in die USA einreisen und dort unbeschränkt leben und arbeiten. Mit einem

Frachtschiff kam er in New York an und dann, wie er mit einem kleinen Lächeln den beiden lauschenden Frauen sagte und sich noch ein Stück Schokoladentorte auf den Teller nahm, dann kam der typische amerikanische Traum: vom Tellerwäscher zum Fast-Millionär. Er hatte erst eine kleine Kneipe mit deutscher Küche eröffnet, daraus wurde dann eine richtige Kette mit Restaurants in dreißig US-Staaten und er verdiente nicht schlecht. die meiste Zeit hatte er in Miami gelebt, wo die Schönen und Reichen ihr Geld ausgeben, und er hatte dort dies und das gesehen und sogar einmal mit einem zukünftigen Präsidenten speisen dürfen.

Als ihn dann aber die Nachricht vom Tode der Eltern Almuths erreichte, hatte er sofort seine Koffer gepackt und war zu ihr zurück in die alte Heimat gekommen. Seitdem lebten die beiden unter einem Dach, und Almuth war sehr froh gewesen, zum einen in ihrem Elternhaus weiterhin leben zu können und zum anderen endlich ihren Großvater kennenzulernen und dann auch mit ihm die vielen Jahre gemeinsam verbringen zu dürfen.

»Jetzt ist Opa Willi schon etwas ruhiger und älter geworden und ich kann mich nun mehr um ihn kümmern als er sich um mich, aber all die Jahre hat er sich fast wie ein richtiger Vater um mich gesorgt, und wenn es Schwierigkeiten gab in der Firma oder wenn ich einen neuen Freud hatte, dann hat er besonders auf mich aufgepasst.«

Alle lachten und Gerlinde meinte noch, dass Wilhelm Alexander sich schon in der Volksschulzeit sehr intensiv um die kleinen Mädchen gekümmert habe und das sei offensichtlich wohl so geblieben. Und wenn das junge Mädchen die eigene Enkelin sei, dann sei seine Fürsorge doch nur allzu verständlich.

Dann redeten Gerlinde und Opa Willi noch über alte Mitschüler und versuchten, sich an die Namen all derer zu erinnern, die mit ihnen zusammen die Schulbank gedrückt hatten.

»Und die Sache mit dem Tintenfass, weißt du noch?«

Auf Almuths fragendes Gesicht hin erzählten die beiden Alten, dass sie in den ersten beiden Klassen noch mit einem sogenannten Griffel auf richtige Schiefertafeln hatten schreiben lernen müssen, und die Griffel brachen oft ab und sie kreischten entsetzlich auf dem Schiefer, wenn man sie schräg hielt; und dann in der dritten Klasse bekamen sie erst große linierte Bögen, dazu ein Tintenfass an jedem Sitzplatz und einen richtigen Federhalter, das war ein hölzerner Stiel, in den man eine Schreibfeder stecken konnte. Es gab verschiedene Federn mit unterschiedlicher Breite, und wenn man nicht sorgfältig arbeitete, dann kleckste man oft und verschmierte das ganze Blatt.

»Wir hatten auch einen Löscher, erst war das wie ein kleines Schwämmchen an einer Schnur befestigt, dann gab es schon die herrschaftliche Ausführung in Rollenform, mit der man über das Geschriebene hinwegfahren konnte und der es dann trocknete. Aber eigentlich war es immer eine große Kleckserei.«

»Was waren wir froh, als jemand zum ersten Mal mit einem Füller kam und ihn rumzeigte!«

»Jaja, ich weiß noch, von Pelikan war der, und im

nächsten Jahr hatten wir dann alle einen solchen Füller.«

»Und dann gab es noch den Füller mit Patrone, da brauchte man nicht mehr die Tinte im Füller aufzusaugen, was auch oft eine Sauerei nach sich zog, sondern da war die Tinte schon in kleine runde Patronen abgefüllt, die wurden nur noch in den Füller geschoben und dann konnte man damit weiterschreiben.«

So ließen sich Willi und Gerlinde weiter und weiter in die alten Schulzeiten zurücktreiben, Almuth hörte interessiert zu, es war wie eine Stunde Geschichte, aber jetzt familiennah und in ihr eigenes Leben einbezogen.

Die Sonne stand schon tief, als der Kuchenteller leergegessen und der Kaffee ausgetrunken war und sie sich wieder von Gerlinde, von GG, verabschiedeten.

»Ach!«, seufzte Opa Willi auf der Heimfahrt, »da hast du mir aber eine große Freude gemacht. Dass ich Gerlinde nochmal sehen konnte, ich hatte schon fast vergessen, dass es sie gab. Ich danke dir, danke vielmals. Ich fühl mich fast wie mit zwanzig jetzt.«

Den Rest der Fahrt saß er versunken in seinen Erinnerungen neben Almuth und lächelte unentwegt.

Am nächsten Samstag war Opa Willi schon sehr gespannt und eilte geradezu die Stufen hinunter, um sich von Almuth in den kleinen Wagen helfen zu lassen. Er war eigentlich etwas zu groß für ein solches Auto, aber es ging während der Fahrt doch recht gut.

»Na, wohin führst du mich heute?« fragte er fast vergnügt.

»Heute, bei deinem dritten Schritt zurück in deinem

Leben, da geht es in eine Stadt, die du ziemlich gut kennst.«

Opa Willi schaute seine Enkelin erwartungsvoll an und stieß auffordernd seine Schulter gegen ihre:

»Na komm. Sag schon!«

»Warte doch in Ruhe ab. Ich erhoffe mir jedenfalls, dass es auch so eine große freudige Überraschung sein wird wie die Begegnung mit der Gelinde.«

Sie fuhren durch Pappelalleen und zwischen Maisfeldern und Kartoffelackern bis zum Nordostseekanal. Dort warteten sie auf die Fähre, die sie über das Wasser tragen würde.

»Eigentlich heißt er ja Kaiser-Wilhelm-Kanal.« sagte Opa Willi, »Und ich kann mir schon denken, wohin der Schritt heute uns führen wird.«

Almuth lachte.

»Wenn du diesen Kanal siehst, dann weißt du ja schon fast alles. Ja, wir fahren heute nach Rendsburg, dort hast du ja dein Abitur gemacht.«

Die Fähre setzte sie über und schon nach kurzer Fahrt hielt Almuth vor einem roten Schulgebäude an. Sie stiegen aus und Almuth führte Opa Willi ein paar Stufen hoch in das Sekretariat. Dort empfing sie eine freundliche bebrillte Dame. Nachdem sie sich vorgestellt hatten, sagte diese:

»Ich weiß schon, es ist alles schon vorbereitet. Bitte kommen Sie mit.«

Auf dem Gang zu einem der kleineren Zimmer im Erdgeschoss sagte die Sekretärin noch, dass es gar nicht so einfach gewesen sei, denn diese alten Unterlagen seien alle nicht digitalisiert:

»Das lagert alles im Keller, es war finster und sehr staubig. Aber hier sind wir nun.«

Sie öffnete eine Tür und dort in einem normalen Klassenraum waren auf einem der Tische ein paar Aktenbündel hingelegt.

»Sie haben Zeit bis Mittag,« sagte die freundliche Sekretärin und ging. Almuth und Opa Willi setzten sich an den Tisch.

»Ist schon komisch, diese Stühle, und ich bin fast sicher, dass das die selben sind, auf denen wir damals gesessen haben.«

Opa Willi versuchte sogar, mit seinem Stuhl zu kippeln. Almuth schob ihm eine der Akten zu, er schlug sie auf:

»Ach nein, das ist aber sonderbar. Dass die so etwas über eine so lange Zeit aufgehoben haben!«

Er hatte seine Abitursmathematikarbeit vor sich.

»Und hier ist dein Deutschaufsatz, und noch die Englischarbeit, und die Arbeit in Physik.«

Opa Willi blätterte sich durch seine eigenen Abiturarbeiten und staunte über all das, was er alles offenkundig einmal gewusst hatte. Bei der Mathearbeit verstand er heute nicht einmal mehr die Aufgabenstellung, geschweige denn wie er auf eine solche Lösung gekommen war. Almuth beugte sich auch interessiert über die Arbeiten ihres Großvaters und meinte dann, dass es früher wohl doch ziemlich schwierig gewesen sei, das Abitur abzulegen, sie jedenfalls könne allenfalls in Englisch und Deutsch mithalten, von der Physikarbeit verstand sie so gut wie nichts.

»Du bist eben doch ein schlauer Kopf gewesen, lieber Opa!«

»Was heißt gewesen:« brummelte er vergnügt. »Wenn ich das so sehe, und ich soll all das verfasst haben, ich muss schon sagen, damals hatte ich wohl beträchtlich mehr Hirnschmalz als heute.«

Sie schauten und blätterten und etwa nach einer Stunde gingen sie wieder, nicht ohne sich bei der netten Sekretärin zu bedanken. Diese gab ihnen noch eine Karte mit:

»Das ist die Einladung für das Schulfest, im September, da wird ganz groß gefeiert, auf der Bühne in der Aula; wenn Sie kommen können, würden wir alle uns sehr freuen. Aus ihrem Jahrgang sind ja nicht mehr so viele da. Ich meine,« und sie wurde richtig rot, »bei dem Alter …«

»Wenn wir gesund bleiben, kommen wir gerne«, sagte Almuth lächelnd, »Und vielen Dank noch mal. Es war einfach höchst lehrreich.«

Sie stiegen wieder in das Auto und Almuth fuhr ihren Großvater unter der Hochbrücke zum Paradeplatz, wo sie in einem kleinen Restaurant draußen unter einem großen Sonnenschirm bei einer Pizza sitzen konnten. Danach schauten sie noch über das lebhafte Treiben auf dem Platz und mokierten sich über die Kleidung der Menschen, die hin und her eilten, und sie genossen es, ohne Verpflichtung unbeschwert einfach nur hier und jetzt zu sein.

»So, nun komm, wir müssen jetzt einen Besuch machen.«

»Ach was, hast du wieder eine Gerlinde aufgetrieben?«
lächelte Opa Willi.

»Nun, es ist zwar keine Gerlinde, aber ich habe tatsächlich einen deiner alten Mitschüler gefunden, und der wohnt auch noch hier in der Stadt. Wir fahren jetzt zu ihm, er erwartet uns. Am Telefon jedenfalls sagte er, dass er schon sehr auf dich gespannt sei.«

Sie fuhren nordwärts und dann in eine kleinere Nebenstraße, wo sich hübsche Reihenhäuser an beiden Seiten bis zum Bahndamm hinzogen. Dort parkten sie vor einem Häuschen mit Jägerzaun und Almuth führte Opa Willi dann auf das Anwesen. Sie gingen aber nicht zur Haustür, sondern auf dem Pfad rechts herum an den Rabatten und Rosenbüschen entlang um das Haus herum nach hinten zum Garten.

Dort wartete der Hausherr schon. Ein fast kahlköpfiger Mann mit gepflegtem Schnurrbart saß dort im Rollstuhl, trotz der Wärme in eine karierte Decke eingehüllt. Er schaute zu ihnen auf und Almuth sagte:

»Guten Tag, Herr Simmering, das hier ist mein Opa, Wilhelm Alexander.«

Der Mann im Rollstuhl riss sich die Decke weg und brüllte:

Mit vielen Grüßen von Ortrud!«

Er hob ein doppelläufiges Gewehr hoch, zielte auf Opa Willis Brust und drückte ab. Beide Läufe gleichzeitig.

Opa Willi war sofort tot.

Auszug aus dem Vernehmungsprotokoll Polizei Rensburg, 3. Revier:

Frage: Warum haben Sie den alten Mann denn erschossen?

Antwort P. Simmering: Es war eine Frage der Gerechtigkeit. Als ich das erste Mal durch Frau Almuth Gehrke angefragt wurde, ob ich den Wilhelm wiedersehen möchte, da wusste ich, dass ich endlich am Ziel war. All die Jahre habe ich darauf nur gewartet. Aber von vorn.

Sie müssen wissen, wir beide, also der Paul und ich, wir waren beide in der gleichen Klasse und haben gemeinsam das Abi gemacht, damals. Und dann auf dem Abiball, da hat der Paul sich die Ortrud geschnappt. Einfach so. Sie müssen wissen, mit der Ortrud war das so eine Sache, für mich war das die erste große Liebe, sie war eine Klasse unter uns und auf unserem Abiball sollte sie als Servierkraft aushelfen. Das haben wir an der Schule immer so gehalten, dass die aus der Zwölften dann beim Abiball für die Dreizehntler als Servicekräfte helfen sollten. Ich glaube, das ist bis heute so. Aber zurück zu dem damaligen Abiball. Sie sind dann an den Kanal gegangen und dort hat er sie plötzlich brutal vergewaltigt. Einfach so. Oder vielleicht hatte er auch zu viel getrunken, was weiß ich. Auf jeden Fall hab ich sie später, als ich nach Hause gegangen bin, dort gefunden. Und sie hat mir dort unter heftigem Schluchzen alles erzählt. Ich hab sie dann zunächst zu mir genommen und mich um sie gekümmert, und sie hatte Pech, sie wurde auch noch schwanger von dem Kerl. Als ob das mit der Vergewaltigung nicht genügte. Also habe ich mich weiter um sie gekümmert und dann ist Ortrud bei der Geburt gestorben. Die Ärzte wussten auch nicht genau, warum und woran. Sie war tot und da war das Kind, ein Junge, ich habe ihn Bernd genannt und da hab ich dann dafür gesorgt, dass ich den Jungen als Pflegesohn bekam und er wuchs bei mir auf.

Frage: Und Sie haben dem Wilhelm Alexander, dem eigentlichen Kindsvater nichts gesagt? Auch jetzt nicht als er vor ihnen stand?

Antwort P. Simmering: Nein. Er hat nie erfahren, das er ein Kind hat. Das geschieht ihm ganz recht. Denn es war ja nicht sein Kind, es war Ortruds Kind. Und dann meins. All die Jahre, und es waren wohl mehr als fünfzig, habe ich meine Wut, meine Trauer, meinen Hass und meine Verzweiflung immer wieder gespürt, und als dann der Anruf kam von seiner Enkelin und ich diese einmalige Gelegenheit bekommen sollte, da war mir, als ob ich innerlich ganz kalt wurde, wie dieser Filmkiller, der eiskalte Engel. Ja, das wollte ich sein, ein eiskalter Engel für Ortrud.

Frage: Und wie ging es dann bei Ihnen weiter, ich meine mit Ihrem Leben, als diese Ortrud gestorben war und Sie den Sohn hatten?

Antwort P. Simmering: Ich habe dann später auch geheiratet und meine Frau hat sich auch um Bernd gekümmert, wir hatten noch zwei eigene Kinder, aber er ist nie zu kurz gekommen. Ich hatte in den folgenden Jahren immer wieder nach Willi gesucht, aber er war wie vom Erdboden verschwunden. Selbst meine Beziehungen zur Bundeswehr zeigte nur, dass er dort nie gewesen ist. Er war einfach weg. Und jetzt auf einmal, da ruft mich seine Enkelin an und möchte, dass ich ihn wiedersehe. Erst konnte ich es gar nicht fassen, aber dann war mir klar, dass ich nur die eine Chance habe. Er muss hierher kommen und dann werde ich ihn töten. Um Ortruds willen, er hat sie schließlich auch getötet, sowohl als Person wie auch als Frau. Und das hab ich dann auch.

Frage: Woher hatten Sie die Waffe?

Antwort P. Simmering: Mein Sohn Jan ist Jäger. Er hat den Jagdschein schon seit Jahren. Und bei dem letzten Besuch habe ich ihm das Gewehr aus seinem Waffenschrank genommen und die Munition auch. Er weiß nichts davon. Es kann sein, dass er es noch nicht einmal bemerkt hat, denn er ist seit drei Wochen auf einem Lehrgang in Bayern.

Frage: Als das Opfer vor ihren Füßen lag, war da Ihre Rache vollendet?

Antwort P. Simmering: Ich weiß es nicht. Ich war ganz einfach leer.

Hauteng

Von der Bushaltestelle waren es nur ein paar Schritte bis zum Haus. Hans schloss eilig auf, er wollte so schnell wie möglich aus den nassen Kleidern heraus, er warf seine Tasche auf den Sessel gleich hinter der Haustür, hängte den Schlüssel wie immer an das Schlüsselbrett links neben der Tür zur kleinen Kammer und zog den hellen Mantel aus. Der Regen hatte auch auf der kurzen Strecke von der Haltestelle bis hierher Schulterpartien und Rücken völlig durchweicht.

Hans hängte den nassen Mantel auf einen Bügel und nahm diesen mit in die Küche, wo er den Bügel dann neben der Heizung an den hohen Schrank mit dem Geschirr hängte. Er nahm das nächstbeste Geschirrhandtuch und rieb sich die Haare trocken.

»Hallo!« rief er laut, »Keiner da?«

Alles blieb still. Hans setzte sich auf einen der Küchenstühle und zog die durchnässten Schuhe aus und auch die feuchten Strümpfe, rieb sie ebenfalls trocken. Dann ging er zum Kühlschrank und nahm eine Flasche Saft heraus und goss sich ein großes Glas Kirschsaft ein, ging zum Hochschrank und schenkte in das Glas dann einen guten Schuss Gin. Er trank und schluckte mit Genuss, hielt dann das kühle Glas an seine Stirn und sagte zu sich selbst:

»So muss es sein. Erst ein erfolgreicher Tag und dann ein krönender Abschluss, pitschenass, und dann gut abgerubbelt und ein herzhafter Drink, das tut gut. Hallo, ist denn wirklich niemand da?«

Mit dem Glas in der Hand ging Hans durch alle Räume im Erdgeschoss, das Wohnzimmer mit den bequemen Sesseln und der eingesessenen Couch und Tante Annemaries Vitrine, in der die teuren venezianischen Gläser standen, das kleine Arbeitszimmer, in dem Ulrike ihre Nähmaschine aufgebaut hatte und die vielen Garne, Stoffreste und Modezeitschriften aufbewahrte, dann wieder die Küche mit dem praktischen Esstisch und auf der Eckkonsole das unentbehrliche Radio.

Hans nahm noch einen Schluck und ging dann treppauf in das Obergeschoss. Die Tür zum Schlafzimmer stand weit offen und er ging hinein. Kein Mensch da, er öffnete den Kleiderschrank, alles schien in Ordnung, auch die Nussbaumkommode war noch angefüllt mit den üblichen Inhalten wie Strümpfe, Unterwäsche, Polohemden und der Damenunterwäsche seiner Frau.

Hans schritt weiter zum Kinderzimmer, öffnete die Tür, die beiden Betten leicht zerwühlt und vor dem Fenster auf dem langen Tisch lagen wie sonst auch Puppen, Hefte, Buntstiftzeichnungen und das alte Halmaspiel. Das hatten die Kinder vor zwei Wochen ganz unten im Schrank wiederentdeckt und spielten es nur zu gern. Dann noch die Abstellkammer, mit den Taschen und Reisekoffern, davon fehlte keiner.

Hans nahm noch einen Schluck und ging wieder nach unten in die Küche. Niemand da. Er setzte sich und trank das Glas langsam leer. Dann seufzte er laut auf und rieb sich die Augen. Er stand auf und ging zur

Garderobe, nein, die Mäntel hingen alle brav an ihren Plätzen, die Schirme waren alle noch da und vor allem, die beiden bunten Schals der Kinder baumelten an ihren besonderen Haken. Also kein Ausflug mit der Mutter, kein Besuch bei Freunden, denn ohne ihre Glücksschals würden sich die Kinder nicht aus dem Haus bewegen, das wusste Hans nur zu gut.

Was also war hier los? Wo war seine Familie nur?

Er schaut aus dem Fenster. Der Regen war noch heftiger geworden, es pladderte auf den Asphalt, dass die Tropfen nur so tanzten. Auf der Straße hatte sich schon eine große Pfütze gebildet, die vorbeifahrenden Autos ließen das Wasser bis an die Häuserwände spritzen.

Hans saß da am Küchentisch, saß da und schaute aus dem Fenster in den Regen. Er rührte sich kaum. Seine Gedanken waren wie festgefroren, er spürte nicht einmal seine eingeschlafenen Glieder. Er dachte an, ja, an nichts. Er war wie erstarrt, wie eine von außen eindringende Betäubung kroch ein unbestimmbares Etwas in ihn hinein und nahm von ihm Besitz, ergriff seinen Körper, seine Gedanken, seine Seele. Er saß da und wurde zu einer Art Denkmal, seine Haut wurde kühler, dann kalt, sein Herzschlag verlangsamte sich bis zu einem endgültigen Halt, seine Augen blickten nicht mehr, wurden wie Glas.

In einem Museum stünde auf dem Schild an der Wand:

»Mann in der Küche, 20 Jahrhundert, unbekannter Bildhauer, Leihgabe von Dr. Mabuse.«

In der Bahnhofshalle

Es regnete. Er hörte ganz deutlich, wie die schweren Tropfen auf das Blechdach der leeren Bahnhofshalle prasselten. Er saß da und sah auf seine Schuhe. Sie waren nicht mehr neu, das rissige Oberleder war am rechten Fuß in der Nähe der kleinen Zehe schon aufgesprungen. Auch waren die beiden Absätze ganz schiefgetreten. Das kam vom vielen Laufen.

Er lief immer. Sein ganzes Leben lang war er gelaufen. Weggelaufen. Erst von einem Elternhaus, einem grauen Gebäude in einer Großstadt, er wusste nicht einmal mehr den Namen, er hatte ihn vergessen, wollte ihn vergessen haben, es war schon zu lange her.

Dann war er von dem Mädchen weggelaufen, das er geliebt hatte Er weiß jetzt nicht mehr, warum er das getan hatte, er weiß nur noch, dass es in ihrer kleinen Wohnung immer ein bisschen nach Zimt gerochen hatte. Das kam von dem Kuchen, den sie für ihn gebacken hatte, ein schwerer süßer duftender Topfkuchen mit viel Zimt.

Ja, er seufzte ein wenig, als er daran dachte und so auf seine Schuhe schaute, wohin hätte er auch sonst schauen sollen, es gab nichts zu sehen in dieser leeren Bahnhofshalle, wo nur wenige Züge am Tage durchfuhren. Gleise, Papier auf den vier ungefegten Bahnsteigen, bröckeliger Backstein und oben das Blechdach.

Er war weggelaufen, obwohl er sie sehr geliebt hatte. Und er wusste, dass auch sie ihn sehr geliebt hatte. Das war nun vorbei, schon lange, er war alt geworden. Vielleicht war sie schon tot? Er wusste es nicht.

Und dann war er nur noch gelaufen. Nicht dass er sich vor Arbeit gedrückt hatte, oh nein; er war von Beruf Drucker und er hatte, wo auch immer er gearbeitet hatte, immer einen ordentlichen und zuverlässigen Eindruck hinterlassen. Aber länger als ein, zwei Jahre hielt er es an einer Arbeitsstelle nicht aus. Er war ein Könner, ja, ein richtiger Künstler auf seinem Fachgebiet, aber auch das lag jetzt weit hinter ihm.

Er war immer auf der Flucht, er wollte es sich nicht eingestehen, aber er wusste im Grunde ganz genau, wovor er floh: Er floh vor sich selbst.

Er hatte eigentlich nur die eine Angst, dass es ihm irgendwo so gut gefallen könnte, dass er dableiben und sich niederlassen würde. Darum ging er auch immer wieder weg, wohin auch immer.

Nun saß er hier in der Halle und wartete auf einen Zug, auf irgendeinen, es war ihm gleich, wohin es gehen mochte. Als er seinen Sohn verlassen hatte, war dieser zwei Jahre alt gewesen. Nun, er hatte im Laufe seiner Wanderungen Geld angespart für ihn, er dachte öfters an diesen, als ihm lieb war.

Seine Schuhe waren feucht geworden auf dem Weg in die Bahnhofshalle, er müsste mal wieder zu einem Schumacher gehen. Er lehnte sich gegen die harte Wand und streckte seine Beine aus.

Seine Pfeife. Dass er daran nicht eher gedacht hatte. Er holte sie aus der abgewetzten Jackentasche, stopfte sie und brannte sie an. Jetzt lächelte er sogar ein wenig. Der

Rauch quoll in runden Schwaden zur Decke empor, er sah ihm nach und dachte an das Mädchen, das er geliebt hatte, mit der er einen Sohn hatte. Er dachte stets an sie als das Mädchen, nie als Frau oder Ehefrau, er hatte sie auch geheiratet, und solange er bei ihr gewesen war, war es eigentlich eine recht gute Ehe gewesen. Aber er hielt es nicht lange aus und lief davon.

Sein Sohn. Wie der sich wohl wundern würde, wenn der das gesparte Geld bekam, das er ihm auf dem Postsparbuch hinterlassen würde.

Die Pfeife erwärmte ihn. Er hörte das Lied des Regens in der leeren Bahnhofshalle und schloss die Augen. Er war müde geworden, so müde, wie seine Schuhe.

Er dachte an all die schönen Tage, als er noch nicht mit der Bahn fahren musste, sondern zu Fuß gehen konnte, wohin er wollte. Als der Rücken noch nicht schmerzte. Es war eine gute Zeit gewesen.

Er lächelte vor sich hin und rieb sich den drei Tage alten Stoppelbart. Der Rauch zog durch eine Ritze im Blechdach nach draußen, wo es bald zu regnen aufhörte.

Als am späten Abend ein Zug kam und hielt, stieg der Alte nicht ein. Er würde nie mehr einsteigen, er war schon wieder unterwegs, diesmal aber hatte er ein Ziel, ein endgültiges.

Unter Maulwürfen

Ich schieße. Ich schieße kleine viereckige Clips aus Metall und Plastik in die Heckteile der Automobilkarosserien, die am Fließband an mir vorbeilaufen. Acht Stunden am Tag stehe ich so, in etwas gebückter Haltung, und schieße Clips. Für jeden Wagen achtzehn Stück. In einer Schicht laufen 300 Wagen über das Band.

Neben mir arbeitet Frau Kähler, die runde Clips in die Seitenwände hämmert. Sie ist noch nicht alt, etwa vierunddreißig. Und seit zwölf Jahren hämmert sie Clips. Ihren Mann sieht sie nur an den Wochenenden, er hat meist eine andere Schicht als sie. Dabei haben sie drei Kinder. Sie ist ganz zufrieden, die Frau.

Da macht man sich doch so seine Gedanken, während der Arbeit. Denn wenn auch der Akkord geschafft werden muss, denken ist erlaubt. Nur ab und zu muss man abschalten, wenn der Kapo vorbeikommt und über Urlaub und Fußball redet.

Ich mache die Arbeit noch nicht lange, seit einem Jahr erst. Manchmal möchte ich meine Clipsmaschine nehmen und sie in den Kühler des nächsten Wagens reindonnern lassen, dass die Halle erbebt und die Menschen aufgerüttelt werden, die da Tag für Tag und Nacht für Nacht die gleiche Schraube festdrehen, das gleiche Kabel mit den gleichen Handgriffen befestigen. Aber dann lasse ich die schon erhobene Hand immer wieder sinken, denn wozu diese Zufriedenen aus ihrer Ruhe aufscheuchen, warum ihnen erzählen, dass es noch mehr gibt, im Leben draußen, im wirklichen Leben.

Gewiss, sie träumen alle davon, aber für sie ist es eben ein Traum, ein Stück Zweistundenfilm, der in Totalscope über die Leinwand flimmert.

Manchmal habe ich Angst, dass sie Angst haben; Angst davor, so zu leben, wie sie es könnten, wenn sie das Geld nicht so wichtig nähmen; denn letztlich ist es doch nichts anderes, was sie in die Fabriken treibt. Das Geld.

Aber man braucht es, und je mehr man davon hat, desto besser. Man kann sich ein Haus kaufen, ein Auto, eine Familie gründen, und wenn man das alles hat, braucht man wieder Geld, um all das zu erhalten, um sich zu erhalten. Und so ziehen sie in die Fabrik, zur Frühschicht um halb sechs, um wieder acht Stunden am Fließband zu stehen und sich Krampfadern und Rückenschmerzen zu holen. Und die meisten sind zufrieden dabei.

Aber bin ich denn anders?

Auch ich stehe am endlosen Band, um Geld zu verdienen. Ich wohne wie sie in einer grauen Mietskaserne mit hellen Wänden und trüben Gedanken. Dabei habe ich es noch besser als der Capitano, der portugiesische Elektriker, der hinter mir am Band die Rückleuchten einbaut. Er teilt sich ein Zimmer mit zweien seiner Landsleuten. Ich wohne allein. Fast zu allein. Meine Nachbarn auf dem Flur sind fast alle in der anderen Schicht, also sehen wir uns nur im Umkleideraum im Werk.

Sicher, am Wochenende bin ich zuweilen mit Capitano und seinen Freunden zusammen, zwar verstehe ich nicht viel von dem, was sie so gestenreich bereden, aber in dieses Lager der Einsamen, wo die schwermütigen Lieder ihrer Heimat mit dem Rotwein ins Blut sinken wie Malaria, dahin gehöre auch ich. Man kann auch als Deutscher in Deutschland Heimweh haben.

Dann sitze ich in meinem Zimmer, wie heute. Es ist Nacht geworden, draußen, und kühler. Das Haus ist still, sehr still, ich kann die Zigarette zerglühen hören. Und meinen Atem. Und dann greife ich in meine Tasche und hole den kleinen Esel aus Speckstein hervor. Sehen Sie, hier ist er. Fast ein bisschen plump steht er da, wie ein Entwurf. Aber wenn ich ihn in der Hand erwärme und die Finger ganz fest um ihn schließe, ist er für mich von unsagbarer Schönheit.

Ja, ich habe ihn von einer Frau. Er stand auf ihrem Fensterbrett, damals, als ich sie kennenlernte. Damals, als ich noch jung war, noch sehr jung.

Wie alt muss man wohl werden, um zu wissen, dass man jung war?

Über vierzig bin ich jetzt, und schon denke ich an ein Damals. Der Sommer, die Tage voller Muschelsand und Nachmittagstanz, Sonnenbrand und warme Haut. Ich sollte wieder einmal dorthin fahren, in mein warmes Damals unter dem Sommerwind.

Entschuldigen Sie bitte, ich wollte Ihnen ja von meinem Esel erzählen. Er stand bei ihr auf der Fensterbank, und abends, wenn ich sie besuchte, spielte ich mit ihm. Sie kochte Tee und stellte das Radio an, ein wunderschönes Mädchen war sie, blond, mit einer kleinen weißen Strähne im Haar, natur, sie sah damit aus wie ein Pony, wie ein kleines Fohlen.

Ich hatte sie auf einer Tanzerei kennengelernt und dachte, es sei wie immer, am Anfang jedenfalls, und eigentlich wollte ich mit ihr nur zwei, drei Wochen zusammensein, wie mit all den Mädchen vorher. Aber es war etwas Eigentümliches mit ihr, ich habe es zuerst nicht verstanden, was es war. Dabei war es ganz einfach.

Wissen Sie, ein Mädchen, das man noch nicht berührt hat, mit der Hand nur, streichelnd, mit dem Mund, sanft, das kann man lieben, und verbrennen dabei. Und das Mädchen weiß es manchmal nicht. Und zum anderen, eine Frau, mit der man drei Wochen zusammengelebt hat, die man kennt in ihrer Haut, man braucht sie nicht zu lieben. Auch wenn sie liebt.

Jetzt weiß ich es. Es gehört Mut dazu. Die Liebe ist nicht leicht zu lernen, nicht leicht zu glauben, nicht leicht zu tun. Ich habe es auch erst lernen müssen, bis ich dieses Mädchen lieben konnte.

Zuerst dachte ich, sie sei wie die anderen, und ihre zurückhaltende Art sei nur gespielt. Aber dann merkte ich, dass die natürliche Offenheit wirklich war, ebenso wie die fast keusche Scheu vor manchen Dingen; zum Beispiel durfte ich sie nicht in aller Öffentlichkeit küssen, bei einem Tanzabend etwa oder beim Capitano und seinen Freunden. Andererseits erweckte sie bei allen mit ihrem hellen, offenen Lachen eine Fröhlichkeit, die auch auf der eindeutigsten Party jede schwüle Atmosphäre einfach wegblies.

Und dann die Abende bei ihr, wie lange und wie viel haben wir uns erzählt. Bei diesen Gesprächen spielte ich immer mit dem kleinen Esel aus Speckstein. Wir saßen uns gegenüber, ein wenig Wein, das Radio spielte, meist eine Konzertübertragung, sie mochte elegische Klavierstücke. Es war wundersam, einfach wundersam. Nie zuvor hatte es bei einem Mädchen so lange gedauert bis zum ersten Kuss.

Es war an einem Donnerstag. Sie war gleich nach der Arbeit zu mir gekommen, und nach dem Abendessen hielt ich sie zum ersten Mal ganz richtig in meinen Armen. Ich weiß heute nicht mehr was wir geredet haben. Wenn wir geredet haben. Ich hatte meinen Kopf in ihrem Schoß, sie spielte mit feinen, schmalen Händen in meinen Haaren. Dann war es zehn Uhr und ich hatte Nachtschicht. Sie brachte mich zum Südeingang. Glauben Sie mir, in jener Nacht hat mir sogar die Arbeit am Fließband Freude gemacht; ja, in dieser Nacht besiegte ich die Fabrik, mit meiner Freude, durch dieses wundersame Mädchen. Ich war einfach glücklich.

Und dann war da die andere Nacht, von der ich Ihnen erzählen möchte. Es war ein paar Wochen später, den kleinen Esel hatte ich von ich zum Geburtstag bekommen. Ich trug ihn immer bei mir, auch während der Arbeit. Er war so etwas wie ein Symbol für uns beide, für unsere Beziehung geworden.

Wir waren an diesem Wochenende tanzen gegangen. Ich hatte sie gebeten, bei mir noch einen Kaffee zu trinken. Und als wir dann bei mir in meinem kleinen Zimmer waren, da geschah es. Der beschwingte Tanzabend klang noch in uns nach, der Alkohol tat sein übriges, wir küssten uns, da war das Bett, und in ihren Augen war ein Ernst, den ich nicht verstand. Ich saß auf der Bettkante und streichelte ihre Haut, leise drückte sie meine andere Hand. Ich beugte mich hinunter und küsste sie. Da drückte mich etwas in meiner Tasche: es war der kleine Esel aus Speckstein. Und dann merkte ich, dass sie ihre Regel hatte. Sie drückte sich fest an mich und ich verstand jetzt, was in ihren Augen stand: Vertrauen.

Sie vertraute mir und meiner Liebe. Ich habe sie geküsst und dann lange am Fenster gestanden. Ja, ich schämte mich.

Wie es weiterging? Wir blieben zusammen. Ich lernte, was es heißt, zu lieben. Es war viel größer und schwerer, als ich es mir gedacht hatte. Aber wunderbar. Dann wurde sie von ihrer Firma in eine andere Stadt versetzt, vor einem halben Jahr etwa. Ich wollte ihr nachkommen, sobald ich hier in der Fabrik genügend Geld verdient hätte. Wir schrieben uns viele lange Briefe,. Dann antwortete sie eines Tages nicht mehr. Das ist alles.

Eine ganz einfache Geschichte, nicht wahr? Nur dieser Esel hier gibt mir manchmal noch Hoffnung, dass es im Leben etwas anderes gibt als acht Stunden Arbeit, dann essen und schlafen, in der Freizeit ein wenig fernsehen, wenn man Frühschicht hat, und Mädchen fürs Wochenende. Dieses kleine Spieltier zeigt mir, dass ich anders leben könnte als meine Kollegen, nicht nur im Urlaub.

Da fahren sie in die Berge, nach Italien, erleben in zwei Wochen all das, was Menschen erst in zwei Jahrtausenden erlebt haben, kommen zurück und stellen sich mit dem Bewusstsein ans Fließband, eine herrliche Zeit verbracht zu haben. Wissen die eigentlich, was Leben heißt? Warum verbergen sie sich in den engen Wänden eines Eigenheims, eines Wohnblocks?

Oder sollte man sie besser dabei belassen? Soll man ihnen die verklebten Augen öffnen und ihnen die Dinge zeigen, die für kein Geld zu kaufen sind und die unser Dasein hier auf der Erde zum Leben werden lassen?

Doch vielleicht sind sich die Verantwortlichen einig darüber, dass man am besten alles so lässt, von Zeit zu Zeit eine Streikandrohung und eine Lohnerhöhung, gefolgt von einer Akkorderhöhung, um uns zu zeigen, dass wir da sind und dass unsere Stimmen gehört werden, besonders vor Wahlen.

Und dann versinkt wieder die riesige Halle in diese sterile Luft der Anonymität: zwanzigtausend Menschen beugen ihre Rücken in Chassisteile und drehen Schrauben fest. Sie denken an ihre Jugendzeiten, an das Wochenende zum Ausschlafen, an den nächsten Urlaub und sind zufrieden, wenn sie im Waschraum ihrem Nachbarn die Seife reichen dürfen. Hilfsbereit, genügsam und freundlich schauen sie aus ihren Gesichtern, wenn sie an der Stechuhr stehen und warten. Nur sind ihre Gesichter blass, und wenn es schlimm kommt, leer; und wenn die Zeit zu lange unter den Neonstäben in der großen Halle in die Augen gebrannt hat, dann sehen sie alle gleich aus.

Maulwürfe. Ich auch.

Warum ich Ihnen das erzähle? Vielleicht, um Ihnen zu zeigen, wie so ein winziges Ding wie dieser Esel hier genügt, den ruhigen stetigen Ablauf eines Menschendaseins aus seiner Monotonie zu reißen. Dass jeder von uns, klein wie er ist, dem Ganzen mit ein wenig mehr Mut und Menschenwürde eine winzige Richtungsänderung geben könnte. Dass die Summe all dieser kleinen Bewegungen zu einem wirklicheren Leben hinweisen kann.

Aber vielleicht habe ich Ihnen meine Geschichte auch erzählt, damit Sie wissen, dass wir Maulwürfe zwar blind sind, aber auch unsere Träume haben.

Salamander

Ich habe ihn gesehen. Ich habe es ganz genau gesehen. Er kroch eilends über einer der verkrümmten Wurzeln des Buchenwaldes den Abhang hinab zum Teich. Ich habe deutlich die gelben Flecken auf der tiefschwarzen Haut gesehen. Es war schon dämmerig geworden im kleinen Wäldchen, ich war vom Matteschlösschen den langen Weg durch den Mischwald gegangen und hatte mir meine Gedanken über die Zäune gemacht.

Die Zäune waren neu, der neue Besitzer der Felder hatte sie aufgebaut, ich weiß nicht, was er dort auf seinen Feldern anbauen wollte, bisher war es so gewesen, dass man zu Fuß oder mit dem Rad durch die Gemarkung fahren konnte auf allen Feldwegen und durch den Wald auf den ausgetretenen Pfaden, und auch Rehe und Füchse und die lästigen Waschbären und neugierige Hasen waren ohne sich um menschliche Grenzen zu kümmern einfach hierhin und dorthin gelaufen, gehüpft, gesprungen, gegangen. Aber nun hatte er Zäune gezogen oder besser ziehen lassen, der neue Besitzer selbst saß irgendwo in einer der großen Städte, vermutlich hoch droben im vierzehnten Stockwerk eines Hochhauses und telefonierte mit wichtiger Miene mit einem ebenso wichtigen Kollegen oder Konkurrenten, was weiß ich. Und vermutlich wusste er gar nicht, was er uns allen hier im Tal zwischen den Feldern und Hügeln damit antat, mit seinen Zäunen. Den Menschen und den Tieren.

Zäune sollen begrenzen, sollen abgrenzen, einengen, abschließen, beschützen oder ausschließen. In realer Gestalt aus Holz, Eisen oder Maschendraht, und auch in geistiger Haltung, nur dort sind sie meist noch einengender, noch bedrohlicher, noch bezwingender. Wenn diese neu gebauten hohen Drahtzäune etwas von den Gedanken des neuen Besitzers andeuten wollten, dann war alles längst zu spät, so schien es mir zumindest, in dem Falle konnte man ein wirkliches Gespräch mit diesem völlig vergessen. Denn dann würde der nicht einmal zuhören wollen, geschweige denn seine Ansichten ändern, oder eine Änderung auch nur in Erwägung ziehen wollen oder können. Wir hatten so große Pläne gehabt mit dem Tal und dem Wald, und Horst hatte sogar die Jägerprüfung gemacht, weil er doch die mit Sicherheit neu zu vergebende Jagdkonzession für das Revier pachten wollte. Natürlich hätten wir alle zusammengelegt, um die Pacht bezahlen zu können, aber einer musste ja anerkannter Jäger sein, um mitbieten zu können bei der Vergabe eines Jagdreviers.

Aber es war alles anders gekommen. Der neue Besitzer wollte gar keinen Jagdpächter, er hatte verlauten lassen, dass er selber den Wildbestand hegen und pflegen würde. Es gab aber nach Auskunft des Kreisjägermeisters keinen Zweifel daran, dass der Neue kein Jäger war, er hatte keinen Jagdschein. Es hatte also den Anschein, dass der Neue, oder wie er weithin auch benannt wurde: der Neureiche, nur den Besitz ganz eigenständig haben wollte und es sollte keiner in seinem Revier jagen dürfen oder auch nur spazierengehen, so jedenfalls hat es der Gutsverwalter angedeutet. Auch waren schon zwei Bulldozer auf den Hof gefahren und damit sollten die Zufahrtswege zugeschüttet werden.

Im Dorf hatten sie am Stammtisch schon Abend für Abend darüber geredet, was das denn nur für alle Bauern hier bedeuten könne: keine Jäger im Wald, die überschüssige Sauen erlegten, dann könnten wir die Maisernte doch gleich in den Bach schütten, dann fressen die uns doch alles kahl, oder?

Hatte Jan Hinnerk mit seiner brüchigen Stimme nach dem zweiten Glas gemeint, und der Dorflehrer Martin Hendess hatte vorsichtig seinen Kopf hin und her gewiegt und gesagt, dass es schon sehr seltsam sei, keine Jäger im Revier, aber auch keine Waldspaziergänger mehr, und also auch sicher keine Schulklassen auf dem Lehrpfad mit all den Tafeln von Pflanzen und Tieren, und die Kinder der Gemeinde freuten sich jedes Jahr darauf, im Frühling und im Herbst jeweils durch den Wald geführt zu werden und dann Dinge zu sehen zu bekommen, auf die sie sonst während des Herumtollens zwischen den Bäumen und Sträuchern beim Indianerspielen nicht geachtet hatten.

Dieser Neureiche muss ziemlich geizig sein, und außerdem reichlich Kohle haben, hatte der dicke Wirt noch zögernd gesagt und die Theke blankgeputzt, er soll alles ja bar bezahlt haben und diese Vorkehrungen, die sehen für mich so aus, dass er seine Ruhe haben will, Keiner soll auf sein Land. Er will sich einigeln, wozu auch immer, und hier in der Gemeinde hat er sich auch noch nicht gemeldet, dabei müsste er sich doch zumindest beim Bürgermeister vorstellen, wegen des neuen Wohnsitzes und so.

Ach was, der macht das alles von seinem Büro in der Stadt aus, oder er lässt es machen. Er hat ja seine Leute für alles, das kannst du doch schon daran ersehen, dass keiner von hier, aus unserer Gemeinde, mit irgendeiner Aufgabe auf dem Hof oder im Wald betraut wurde, er hat seine eigenen Leute dafür, die kommen extra aus Portugal oder Polen oder Italien, ich hab neulich mal einen getroffen, der sprach so komisch, den hab ich überhaupt nicht verstehen können. Und reden wollte der auch nicht. Überhaupt sehen die Angestellten von dem Neuen alle so komisch aus, mit schmalen verkniffenen Gesichtern, schmalen Augen und schmalen Lippen, einfach unheimlich.

Die waren auch bei mir, vorige Woche, schließlich haben sie diese großen Laster, und die brauchen enorm viel Sprit. Und Diesel bleibt Diesel, und ich hab ja die einzige Tankstelle weit und breit, da mussten sie über kurz oder lang doch bei mir anlanden. Aber ich hab die auch nicht verstehen können. Ich glaube, das sind keine aus der EU, die redeten so ganz anders. Ich war ja schon in Spanien und Italien, ich sage euch, von den beiden Sprachen war das keine. Das war etwas völlig verschiedenes. Einer konnte ein paar Worte, so was wieviel oder was kosten in Euro. Das war schon alles.

So waren die Dorfbewohner denn insgeheim ziemlich beunruhigt über diese Entwicklung. An den Stammtischen der Orte ringsumher munkelte man von Mafiageldern oder Russengold oder abgezweigten schwarzen

Dollars, aber alles blieb im Unklaren. Der Neue, der Neureiche, schuf unterdessen deutliche Zeichen, alle Wege in den Wald hinein wurden dichtgeschoben oder mit rotweißen Schlagbäumen abgesperrt und Schildern »Betreten verboten. Der Besitzer« versehen, nur direkt vom Gutshof konnte man auf dem breiten Weg direkt in den Wald hineinfahren, auch mit Lastwagen. Die Dörfler hörten gelegentlich die LKWs, zu sehen aber bekamen sie diese meist nicht, denn die waren nur auf dem Gelände des neuen Besitzers unterwegs. Höchstens der Polizist Harms in seinem Dienstwagen sah hin und wieder einen der großen gelben Lastwagen auf der Straße in Richtung Autobahn fahren.

Es war fast so, als ob sich innerhalb des Dorfes eine Enklave gebildet hätte. Die Alteingesessenen fuhren mit abgewandtem Blick auf ihren Treckern und Rädern am Gut vorüber, die Schulkinder waren es bald leid, vor den stets verschlossen Toren herumzulungern oder einen Blick in das geheimnisvolle Treiben auf dem Gut zu werfen, indem sie über den Holzzaun kletterten und sich hinter den dicken Eichen zu verstecken suchten;: es gab überhaupt nichts zu sehen, nur hin und wieder überquerte ein Mann den Hof und ging in eines der Gebäude oder fuhr auf einem der riesigen gelben Lastwagen vom Hof weg in den Wald hinein. Im Wald selbst war es meist still, nur selten verirrte sich eine kleine Gruppe mutiger Schüler hinein und versuchte sich unter den jungen Lärchen und Fichten zu verstecken. Es gab nur Wald, keine arbeitenden Menschen, kein Brummen und Dröhnen von Sägen oder Hämmern von Äxten, es war still, einfach nur still.

Und so war auch ich direkt vom Matteschlösschen den alten Weg durch den Wald gezogen, und erst mitten unter den Buchen an einer der großen Regenpfützen fiel mir wieder ein, dass ich eigentlich gar nicht hier sein durfte, denn ich hatte verbotenes Gelände betreten. Aber was konnte mir schon geschehen? Wenn es hoch kam, würden mich die Bediensteten dieses Herrn Neureich verprügeln oder so, also, was sonst? Außerdem hatte da oben im Wald an der Grundstücksgrenze noch kein Schild gestanden. Das hatten sie wohl schlicht vergessen, oder aber sie hatten nicht daran gedacht. Denn es war noch viel zu früh im Jahr, die sonntäglichen Touristenströme würden erst zum Pfingstfest auf das Schlösschen kommen, um dort Torte und Kaffee zu sich zu nehmen. Dann würde man ja sehen …

Nun stand ich also mitten im Wald und schlich hinter einem Feuersalamander her. Es war vor langer Zeit, dass ich so einen zu Gesicht bekommen hatte. Früher als Junge, ja, da hatten wir uns hier mitten im Wald am Tränenteich auf die Lauer gelegt und waren fast immer erfolgreich gewesen, da gab es ganze Nester voll von den schwarzgelben Reptilien. Anfassen mochten wir sie aber nicht, denn wie der alte Onkel Eidy damals erzählt hatte, wenn er mal seine Stumpenpfeife aus dem Mundwinkel genommen hatte, dann war die glänzende Haut des Salamanders höchst giftig.

Deshalb sind die auch noch hier, sonst hätten die schon Fuchs und Eule sicher gefressen. Aber die Tiere sind oft viel klüger als die Menschen, die wissen einfach, dass die giftig sind. Und ich kann euch auch erzählen, wie das kommt. Das war nämlich so, dass damals im Paradies, als alle Lebewesen noch friedlich miteinander umgingen, da war doch die berühmte Schlange gewesen, die von Luzifer gesandt war, um Adam und Eva zu verführen. Die Sache mit dem Apfel, das kennt ihr ja alle. Und vorher hatte sie sich ein paar Verbündete gesucht unter den Tieren. Sie hatte Erfolg bei den Spinnen gehabt und versuchte es auch bei den Salamandern. Ihr müsst aber wissen, die Salamander waren eigentlich ganz gelb, der ganze Körper, und erst im Laufe der Verlockung auf die dunkle Seite, die Luzifer verkörperte, von dem süßen Gesäusel der Schlange verführt, da wurden die gelben Leiber der Salamander mit schwarzen Flecken überzogen. Erst sahen sie aus, als ob dunkle Tropfen auf ihre Haut gefallen seien, aber mit zunehmender Boshaftigkeit und, wie ich sagen will, mit zunehmender Giftigkeit, da wurden ihre Körper dann dunkel und schließlich schwarz, und so haben wir heute noch den Zustand, dass nur ein paar gelbe Flecken von der ursprünglichen Hautfarbe der Feuersalamander geblieben ist, der größte Teil ihrer Körper ist jetzt tiefschwarz. So hatte er es erklärt. Und nun hatte ich nach Jahren mal wieder einen gesehen. Ich folgte ihm und sah, wie elegant er sich durch alte Blätter, über kleinere Äste und Gräser schlängelte und wie er dann kopfüber verschwand in einem Erdloch. Ich schaute mich um, bis zum Teich waren es nur noch ein paar Meter. Ich suchte mir eine trockene Stelle und setzte mich auf eine Eichenwurzel und wartete. Das hatte ich noch gut in Erinnerung, wenn es galt, Tiere zu beobachten, gar scheue Tiere, dann war Geduld das

Allerbeste und führte meist zum Erfolg. Ich saß also da und schaute auf das etwas trübe Wasser des Teiches, in dem sich die hohen Stämme ringsum nur unzulänglich widerspiegelten, ich hörte das Geraschel im Laub und sah einen Igel linkerhand vorüberschnüren und hörte oben in den höchsten Ästen einen Habicht rufen.

Als ich mich etwas bequemer hinsetzen wollte, bemerkte ich ihn. Ich war nicht mehr allein. Da stand jemand ein paar Meter entfernt unter einer Eiche und schaute zu mir herüber. Ein Mann, ein wenig kleiner als ich, schwarze enganliegende Jogginghosen, schwarzer Kapuzenpulli mit der Kapuze über den Kopf, schwarze Handschuhe und Turnschuhe. Er stand da ganz reglos und schaute, und sein Gesicht war gelblich, so jedenfalls erschien es mir. Wir starrten uns regelrecht an. Dann kam er langsam, ganz langsam auf mich zu, blieb eine Armlänge vor mir stehen und verbeugte sich leicht:

»Ich denke, Sie sind hier auf Privatgelände und dürften überhaupt nicht hier sein. Was also machen Sie hier in diesem Wald?«

Ich schluckte kurz und sagte dann, dass ich wie gewohnt vom Matteschlösschen her durch den Wald gegangen sei, es sei auch kein Verbotsschild am Wegesrand aufgestellt gewesen, welches den Zutritt verbieten würde. Dass ich seit vielen Jahren immer hier im Wald spazieren ginge und jetzt und heute hier mich hingesetzt hätte, um Feuersalamander zu beobachten, denn zum Einen seien es nur selten zu findende Tiere, zum Anderen hätten die mich schon seit meiner Kinderzeit immer wieder fasziniert. Und während ich dem Fremden in Schwarz das erzählte, kamen drei, vier Feuersalamander aus den Höhlungen gekrochen und schlängelten sich hinüber zum Teich. Der schwarze Fremde schaute ihnen aufmerksam zu und meinte dann, dass auch er diese Tierchen besonders schätze und er froh darüber sei, dass ich ihn darauf aufmerksam gemacht hätte, denn er hatte keine Ahnung von der Existenz der Salamander hier in diesem Wald gehabt, er habe sich wie jeden Tag seine Joggingstrecke gesucht, sei einfach losgelaufen querwaldein und dann habe er mich hier sitzen gesehen.

Wir beide schauten den Tieren noch eine Weile zu, dann erhob ich mich und meinte, dass ich nun zurück ins Dorf gehen müsse. Der schwarzgekleidete Fremde, offenkundig ein Chinese, ein Japaner oder kam er doch aus Korea, ich wusste nie bei diesen Asiaten, die für mich gelbe Haut hatten und mehr oder weniger schräg stehende Augenpaare, aus welcher Gegend sie denn kämen, der Asiate jedenfalls verbeugte sich leicht vor mir und seltsamerweise auch vor dem Tümpel mit den Salamandern und lief dann mit leichtem Schritt ganz elegant über Stock und Wurzelwerk quer durch die Bäume, durch den Wald, er hatte wohl sein Tagespensum an Körpertraining noch nicht erfüllt.

Der Fisch im Kirschbaum

Der Kirschbaum stand mitten im Blumengarten, gleich an der Vogeltränke. Dann kam der große Rasen und am Zaunrand erhoben sich die Birken, der Apfelbaum und das Pfaffenhütchen. Dazwischen lugten ein paar Stockrosen und schauten auf die grüne Rasenfläche, auf gelbe Butterblumen und kleine zahlreiche Gänseblümchen, die ihre Köpfe der Frühlingssonne entgegenreckten.

Rieke saß in einem bequemen Rohrstuhl an der Hauswand, dort war es schon richtig warm, sie hatte die blaue Hausjacke über die Lehne gehängt. Der bequeme beige Leinenrock drückte nirgends und ihre bloßen Beine unbeschuht hatte sie vorsichtshalber mit einer Sonnenschutzmilch eingerieben. Sie las, nur zuweilen schaute sie auf in den Tag und in den hellen wolkenlosen Himmel. Sie genoss die weißen Blüten mit den rosa Innenstreifen des Kirschenbaumes und hörte immer wieder einmal die Hummeln und Bienen summen, die jetzt unermüdlich auf der Suche nach Nektar die Bestäubung der Bäume und aller Pflanzen in Gang setzten. Frühling ist doch die allerschönste Jahreszeit, dachte sie und hielt ihr Antlitz der Sonne entgegen, mit geschlossenen Augen nahm sie ihre Umgebung nur durch die Ohren wahr; sie lauschte gern, auch im Wald, wo sie zuweilen einfach sich an einen Baum lehnte und dem Atem der Blätter zuhörte und das Rascheln kleiner Tiere und das Rufen der Vögel und bisweilen sogar im Totholz das Knirschen und Bei-ßen von Kerbtieren und anderen fressenden Würmern wahrnehmen konnte. Rieke achtete auf viele Geräusche, auch jetzt in ihrer Ruhezeit im Garten, sie versuchte immer, die Töne den jeweiligen Verursachern zuzuordnen. Leicht fiel ihr das besonders dann, wenn Motorengeräusche eines kleinen Flugzeugs von Süden aufdröhnten, und dann konnte sie auch schon den kleinen Flieger in zweihundert Meter Höhe sehen. Er war rot und zog hinter sich das Reklameband für den Ferienpark an der See.

Rieke lächelte. Es war schon ziemlich lange her, dass sie mit ihren Schwestern dort gewesen war. Am besten hatten ihr die Seehunde gefallen, die mit lautem Bellen durch Ringe aus dem tiefblauen Wasser gesprungen waren und dem Tierpfleger den ersehnten Hering direkt aus dem Mund gerissen hatten. Zum Ende der Attraktion tanzten alle Seehunde dann auf ein Zeichen des Tierpflegers in einer Reihe und klatschten mit den Seitenflossen, um so die Zuschauer auch zum Applausgeben der Tierschau zu animieren.

Dann waren sie noch in den ausgehöhlten Baumstämmen einen Wildwasserbach hinunter geschwommen und nach einem steilen Abstieg waren alle ganz nass geworden, als das Gefährt mit einem lauten PLATSCH in einem kleinen See aufgeschlagen war. Ihre beiden Schwestern hatten lauthals geschrien und sie selbst hatte mit ausgebreiteten Armen ganz vorn in dem Baum gesessen und sich dem Geschwindigkeitsrausch voll hingegeben. Denn anders als bei der Achterbahn konnte sie dieses Sich-treiben-lassen auf dem Wasser und nur von der Kraft es Gefälles vorangetriebenen Baumstammes so richtig genießen. Sie mochte fast alles, was im oder am Wasser getan werden konnte. Sie fühlte sich im Wasser so richtig wohl, von den Schwestern konnte sie auch am allerbesten schwimmen, ob Kraulen, auf dem Rücken oder ganz klassisch das Brustschwimmen mit dem Froschgrätschen der Beine. So hatte es ihr Schwimmlehrer damals genannt: »Du musst so grätschen mit den Beinen wie ein Frosch, ganz gleichmäßig.«

Ihre Schwester Laura fand es am allerschönsten, mit der Achterbahn zu fahren, sie mochte dieses Kribbeln im Bauch, wenn der Körper beim senkrechten Abwärtssausen fast schwerelos wurde und der Magen kurz unter dem Kehlkopf zu stecken schien, wenn sich alles um und um drehte und die Fliehkräfte alle Passagiere tief in die Sitze pressten. Rieke mochte da nur zuschauen, sie saß dann auf einer breiten Bank mit ihrem Stieleis und freute sich an dem Gejuchze und Gekreische der Fahrgäste, vorwiegend Mädchen, die Jungen fanden das Indianerland viel spannender. Dort konnte man Würstchen grillen, mit Pfeil und Bogen schießen oder in einem nachgebautem Westerndorf ein richtiges Duell der Westernhelden miterleben. Der Gute spielte natürlich den Sheriff, mit dem glitzernden Stern auf der Weste. Und der Böse war ganz in schwarzes Leder gekleidet, mit Elfenbeingriffen an den Pistolen. Dann traten sie auf die staubige Straße vor dem Saloon, schauten sich grimmig an und plötzlich zogen sie ihre Colts, und dann lag der Böse tot auf der Straße und die Besucher beklatschten das Schauspiel.

Danach hatte Rieke nicht zum ersten Mal über das seltsame menschliche Verhalten nachgedacht, sie konnte das überall sehen und die sogenannten Kulturschaffenden in Funk, Film und Fernsehen taten ihr übriges dazu, und sie konnte es ja auch sehen in der eigenen Familie; Tante Emilie las nur zu gerne Kriminalromane, und ihre Eltern sahen sich auch den Tatort am Sonntag gern an, und in den Buchhandlungen war das Regal mit Krimis ziemlich lang und gut gefüllt. Sie nahm sich darauf einmal die Fernsehzeitung vor und zählte, allein in einer Woche wurden im ZDF mehr als vierundsechzig Kriminalfilme angeboten, und das war nur ein Sender, auf den sogenannten Privatsendern gab es noch viel mehr. Eine Welt voll Verbrechen und Verbrecher.

Oder vielleicht nur der Wunsch, die tief verborgenen Vorstellungen von Böse-sein und Rache-nehmen oder Euch-werde-ich-es-schon-zeigen Gefühlen der Menschen zu kanalisieren und zu sublimieren. Also eine Art Grundreinigung der Phantasie, ein Besen für die Seele, für die schwarzen Abgründe der Menschen, oder?

Rieke rätselte hin und her, bei sich selbst fand sie zunächst keinen, dem sie gern den Tod gewünscht hätte, aber sie erinnerte sich an die Luise, die hatte sie in der Schulzeit immer so an den Zöpfen gezogen, da hatte sie oft gewünscht, es käme ein mächtiger Zauberer, und der würde die Luise dann in eine Ringelnatter verwandeln oder in eine dicke fette Kröte, das hätte ihr gefallen. Bei der Erinnerung daran musste sie auch jetzt noch kurz auflachen. Eine dicke fette Kröte. Ja, das wär es doch. Wenn sie das könnte, alle Menschen, die ihr missfielen, die es nicht gut mit ihr meinten oder die ihr und den ihren Unrecht getan hatten, die könnte sie in Kröten verwandeln. Sie wischte diese klare Vorstellung weg, so unterhaltsam sie auch sein mochte. Rieke war meist ganz fest in der Wirklichkeit verwurzelt und mit allen Sinnen mitten im Leben.

Nicht so wie ihre Schwester Laura, die neigte zu Tagträumen, meist von gut aussehenden Männern in eleganten Sportwagen mit einem Seidenschal um den Hals oder braungebrannt auf einem Surfboard am Stand, einen grünblauen Drink in der Hand und ein Schwarm Bikinimädchen um sich und dann käme Laura und wie im Kino bildeten die Mädchen eine Gasse und der strahlende Held schritte gemächlich auf sie zu und hielte sie dann ganz fest und ihre Lippen träfen sich zu einem warmen langen zärtlichen Kuss ….

Wie oft hatte Rieke ihrer Schwester nicht beim Essen ein Stubs mit dem Ellbogen geben müssen, um diese aus der Tagträumerei herauszuholen und wieder zurück in die Gegenwart zu bringen. Dabei war Laura durchaus plietsch und hatte eine ausgesprochene soziale Ader, sie kümmerte sich rührend um die Kinder der Asylsuchenden im hohen Mietshaus in der Nebenstraße, ging mit ihnen auf den Spielplatz und half bei deren Hausaufgaben; auch innerhalb der Familie war sie eine große Hilfe und meckerte nicht ständig wie Birgit, wenn es um die Einteilung der Tagesarbeiten wie Einkaufen, Kochen, Saubermachen oder gar Gardinenabnehmen ging.

Rieke grinste. Ja, ihre Schwestern, das waren schon welche. Aber insgesamt waren sie alle drei miteinander eng verbunden und wehe dem, der es wagte, sich zwischen sie zu stellen oder gar eine von ihnen zu verletzen!Dem ging es mehr als schlecht.

Rieke erinnerte sich noch gut an den Musiker, sie waren schon in den oberen Klassen der Schule gewesen und hatten sich zu Hause recht fein gemacht, also sie selbst hatte ein leichtes Sommerkleidchen angezogen und ihre weichen Lackschuhe, Laura trug den roten Samtrock und eine blumenbedruckte helle Bluse und Birgit war in ihr Etuikleid geschlüpft, das hatte sie zum Abschlussball ihrer Tanzstunde bekommen und war damals ganz stolz gewesen, denn es hatte einen richtigen Ausschnitt, und das zu der Zeit, als Birgit noch nicht so viel zu bieten hatte wie heutzutage. Es war auf dem Schützenfest in dem kleinen Heidedorf, in welchem ihre Familie seit Jahren den Sommerurlaub zu verbringen pflegte. Da war das große Festzelt und darin die Kapelle, die alte Walzer und neue Schlager spielte; der Gitarrist sang diese laut und inbrünstig, mehr recht als schlecht, aber mit seinen schwarzen gegelten Haaren und der kleinen Locke an der Seite sah er hinreißend aus, so jedenfalls fanden es die meisten der pubertierenden Mädchen, und so manche von ihnen lehnte sich an das Podium und hatten nur noch Augen für diesen einen Mann. Laura sog an ihrem türkischen Honig und schmolz förmlich dahin, als dieser Sänger ihr einen Blick zukommen ließ, den sie als Aufforderung verstand; Birgit biss kräftig in ihren Liebesapfel am Stiel und schaute eher kühl in die Runde und sie selbst, Rieke, lächelte in sich hinein, denn sie ahnte, was nun kommen würde, sie kannte ja ihre Schwestern.

Und richtig, als die Musik nach einer halben Stunde ihre Pause machte und die Musiker an die Theke gingen, um sich ein wohlverdientes Bier zu genehmigen, da stellte Laura sich neben den Gitarristen und klammerte sich fast an ihm fest und seufzte, wie toll sie doch seine Stimme fände und ob er nicht so gut sein könne und ihr Privatunterricht im Singen oder Gitarrespielen gäbe, sie wolle ihn auch sehr gut dafür entlohnen, und bei dem Wort entlohnen drückte sie sich fest an ihn; der Mann war so um die Vierzig und es gewohnt, dass sich die Damen um ihn bemühten, also gab er sich kühl mit diesem jungen Mädchen, tat aber geschmeichelt und gab ihr eine Telefonnummer, die sich Laura sofort auf einer Serviette notierte. Beglückt ging, nein besser schwebte sie über den leeren Tanzboden zum Ausgang und seufzte, dass sie ihn sofort in der Nacht noch anrufen und für den morgigen Tag eine Verabredung treffen würde.

Aber dann, am frühen Abend, ebenfalls in einer Musikpause, sahen alle Schwestern, die auf dem Weg zum Bockwurststand waren, wie dieser Gitarrist hinter dem Festzelt eine Blondine im Arm hielt und sie lange und ausgiebig küsste. Wie erstarrt blieb Laura stehen, der Unterkiefer klappte ihr herunter und erst als Birgit sie anstieß und sagte, dass sie diesen Stiesel einfach nur vergessen könne, da erwachte sie wieder zum Leben und stampfte mit dem Fuß auf:

»Das lass ich mir nicht gefallen! Dieser Unhold! Erst verspricht er mir das blaue vom Himmel und dann küsst er eine andere. Pfui Teufel, was für ein gemeiner Himmelhund. Ich verachte ihn!«

Und dann schritt sie zur Tat, sie schlenderte wieder zurück in das Festzelt und wie rein zufällig näherte sie sich dem Podium, auf dem welchem die Musiker spielten. Dort blickte Laura sich um und wie unabsichtlich ergriff sie die Gitarre, klemmte sie unter ihren Arm und schritt ganz langsam mit dieser wieder hinaus ins Freie. Die beiden anderen Schwestern nahmen sie in die Mitte und dann gingen sie zum kleinen Fluss, der unter den Weiden plätscherte. Dort zerschnitten sie erst die Saiten des Instruments, dann zündeten sie den Korpus der Gitarre an und warteten ab, bis alles wirklich brannte, die Flammen waren teilweise bunt, lila und grün, das kam von dem Lackfarben, mit denen das Instrument verziert gewesen war. Nur das Griffbrett wollte nicht so recht Feuer fangen, also warfen sie es einfach ins Wasser. Dann gingen sie hochbefriedigt wieder zurück. Als sich die Kapelle wieder auf dem Podium versammelte und weiterspielen wollte, wurde der Gitarrist ganz nervös, schaute überall nach, lief aus dem Zelt und suchte wo auch immer, mit hochrotem Kopf kam er schließlich zurück zu seinen Kollegen, die schon mit einem Liederpotpourri begonnen hatten und hob enttäuscht die Schultern:

»Sie ist einfach weg! Verschwunden, nur der leere Kasten ist noch da. Ich verstehe das nicht.«

Aber der Vertrag war gemacht und die Musik bezahlt, also mussten sie weiterspielen, aber dem Schwarzgelockten blieb jetzt nur noch das Mikrophon als Sänger. So brachte die Kapelle den Abend mehr oder weniger glanzlos über die Bühne. Die drei Schwestern aber nuckelten an ihrer Limonade mit den bunten Strohhalmen und grinsten in sich hinein.

Rieke schob die bunte Postkarte von Tante Bettina ihr Buch und klappte es zu. Ein paar Kirschblüten flogen in der warmen Luft und eine setzte sich auf ihren Fuß. Ein Tag wie im Bilderbuch. Sie wünschte sich, Henning wäre hier. Oder er würde kommen. Sofort. Noch heute. Jetzt, in diesem Moment. Sie stellte sich sein Gesicht vor, wie er den Kopf etwas schief hielt und sie anlächelte.

Oh ja, er konnte lächeln. Sie war einfach weggewesen, als er sie das erste Mal angelächelt hatte. Das war in der Sparkasse geschehen, sie war in Gedanken und hatte auf ihre Auszüge geschaut und war PARDAUTZ gegen eine Glastür gelaufen. Henning hatte sie am Arm aufgefangen und gelächelt und da war es um Rieke geschehen, sie hatte den ganzen Tag nur noch seine blauen Augen gesehen. Und war abends mit sehr unziemlichen Gedanken und Bildern zu Bett gegangen. Ihre Mutter wäre sicher entsetzt gewesen, wenn sie davon gewusst oder nur geahnt hätte. Aber sie ahnte nichts von Riekes erotischen Träumen.

In den nächsten Tagen bemühte sich Rieke, so oft wie möglich in die Nähe der Sparkassenfiliale zu kommen und nach dem jungen Mann Ausschau zu halten. Der schien kein angestellter Banker zu sein, er war wohl wie sie eher ein Kunde. Daher stellte sich Rieke am Monatsanfang Tag für Tag, soweit es ihre Arbeitszeit erlaubte, vor das Fenster des Blumengeschäftes und schaute, ob sie nicht im spiegelnden Glas den jungen Mann wiedersehen konnte. Aber er kam nicht. Ihre Einschlafphantasien begannen jetzt sich zu verändern: Da gab es plötzliche Unfälle mit dem Bus oder dem Auto, oder besser, er hatte ein Motorrad und war in einer Kurve auf regennasser Strecke ausgerutscht und lag nun ohne Bewusstsein in einem Krankenhaus und die Nachtschwester musste ihm ständig eine Infusion anlegen und und und ...Erst wenn der Oberarzt in das Krankenzimmer kam und eine Säge aus seinem Kittel hervorholte, zwang sich Rieke zur Ordnung und schaltete ihren Verstand wieder ein. Aber es nützte nicht viel, denn tagsüber kam ihr immer wieder dieses Gesicht in den Sinn.

Und dann, es regnete und sie hielt ihren Schirm leicht schräg, weil die Tropfen von der Seite kamen, da prallte sie mit jemandem in der Hauptstraße zusammen, es war ihr langgesuchter Lächler. Beide stammelten etwas und dann nahm er sie am Ellbogen und zog sie mit in ein Stehcafé an einen der hohen Tische direkt am Fenster und holte ihnen zwei Tassen Kaffee. Sie lächelten sich an und tranken, und erst nach einer langen Weile sagte er:

»Wie schön, dass ich Sie endlich wiedergefunden habe.«

Rieke merkte, wie sie ein wenig rot wurde. Das hatte sie nun nicht erwartet.

Sie trank noch einen Schluck Kaffee und schaute ihn dann direkt an:

»Und ich hab so lange nach Ihnen gesucht.«

Der Mann nahm ihre Hand und drückte sie vorsichtig.

»Das ist schön. Ich freue mich so.«

Da klingelte sein Handy und er murmelte »Entschuldigung!« und drehte sich etwas ab, nahm das Handy ans Ohr und sprach dann in einem schlichten Ton:

»Nein, das geht heute nicht mehr. Ich habe so viel zu tun. Jaja, bis morgen dann.«

Und dann wandte er sich wieder Rieke zu und schaltete das Mobiltelefon aus, steckte es zurück in die Tasche seines Anzuges und lächelte Rieke an:

»Nichts wichtiges, nur ein großer Geschäftsmann. Was wollen wir mit diesem wunderbaren Tag anfangen? Wir müssen doch jetzt etwas machen, an das wir uns noch in hundert Jahren erinnern können und was wir unseren Enkeln dann später immer wieder erzählen werden, oder?«

Sie lachte auf und nickte.

»Jaja, das wollen wir machen. Wir erschaffen eine Familienlegende. So ein Regentag mit so viel Sonne. Das gibt Stoff für mindestens fünf Enkel, oder?«

Er schaute etwas skeptisch drein und meinte, dass fünf Enkel ja bedeuten würden, dass mindestens drei Kinder kommen sollten, und er wisse nicht, ob er so tüchtig sei, er habe das mit der Fortpflanzung noch nie so recht ausprobiert.

Die Rieke wurde ganz rot und schaute schnell nach draußen in das Wetter, aber da sah sie nur hastende Menschen unter Regenschirmen oder mit Kapuzen und vorübergleitende Autos und dann gab sie sich einen Ruck und sagte zu dem jungen Mann:

»Also gut. Wenn schon denn schon! Aber das mit dem Fortpflanzen ist eher ein sehr viel späterer Abschnitt. Erst kommt mal etwas für die Legendenbildung.«

»Einverstanden. Ich hab da schon eine Idee. Wie wäre es mit einer grandiosen Schiffspassage?«

»Ein Schiff?!«

»Ja, wir kaufen uns jetzt Tickets für eine Schiffsreise rund um die Welt. Komm mit, du wirst schon sehen.«

Und er hakte sie unter, sie hielt draußen ihren Schirm über beide und schnell eilten sie den Kai entlang zur Landungsbrücke und stellten sich im kleinen Wartehäuschen unter. Sie standen und schwiegen, nur immer wieder drückte er ihren Arm und sie schmiegte sich an ihn, ganz eng. Und dann kam der kleine weiße Dampfer und auf dem fuhren sie an das gegenüberliegende Ufer, dort liefen sie unter den nachlassenden Tropfen zum Marineehrenmal, wo sie sich im Eingang zum ersten Mal küssten. Sie hielten sich ganz fest und mit einem leisen Lächeln fragte er:

»Sag mal, wie heißt du eigentlich, ich kann dich doch nicht die nächsten Jahre nur Mädchen meiner Träume nennen?«

»Warum nicht. Und wehe, wenn du von anderen träumst! Ich bin die Rieke.«

»Und ich heiße Henning.«

Sie tauschten wieder heiße Küsse aus und dann hörte der Regen auf und die Sonne kam hervor und die Vögel begannen wieder zu singen und allmählich kamen immer mehr Menschen auf den Weg und spazierten am Ufer und sie schauten dem weißen Dampfer zu, der die Schiffshaltestellen anfuhr und die Leute zur Arbeit oder zurück ins eigenen Heim brachte oder aber wie sie selber nur zum Vergnügen die verschiedenen Orte anlief. Sie fuhren wieder zurück; mitten in der Stadt setzten sie sich in ein Lokal und aßen zu Mittag.

So hatte es damals begonnen, und jetzt waren sie schon

ein paar Jahre verheiratet. Rieke schmunzelte. Diese verrückte Hochzeit, wie der Onkel Heinz damals …

Ihr Telefon klingelte. Rieke nahm ihr Handy aus der Rocktasche. Es war ihre Schwester Birgit, sie brauche unbedingt das Rezept für die Donauwellen, denn am nächsten Tag kämen die zukünftigen Schwiegereltern und da wollte sie doch den Eindruck einer ordentlichen und besonders guten Hausfrau abgeben und dazu wollte sie die von allen immer wieder hochgelobten Donauwellen backen, die Rieke oftmals an Sonntagen frisch aus dem Ofen auftischte.

Rieke lehnte sich zurück und gab das Rezept durch, schön langsam, denn Birgit am anderen Ende schrieb ja mit, dann noch ein paar kurze Grüße und Birgit trennte die Verbindung, sie hatte ja jetzt was sie wollte. Ja, so war sie schon in der Schulzeit gewesen, immer wenn Birgit etwas wollte, dann quengelte sie so lange herum und jammerte und drängelte, bis sie schlussendlich bekam, was immer sie wollte, dann war Ruhe. So hatte sie es auch mit all ihren Freunden bisher gemacht, wenn die nicht so spurten wie Birgit das wollte, dann wurden sie eben abserviert. Bis jetzt auf den Sven, der war anders, da hatte sie sich bemühen müssen, und der Sven hatte ihr zunächst die kalte Schulter gezeigt, aber das hatte Birgits Ehrgeiz nur noch mehr angestachelt und sie hatte sich so sehr um ihn bemüht, und mit Erfolg, dass sie sich zu Sylvester erst heimlich und dann später auch offiziell verlobt hatten und nun kamen Svens Eltern zu Besuch und wollten das zukünftige Familienmitglied in Augenschein nehmen. Rieke dachte an den Tag, als es bei ihr so gewesen war, als sie auch als die Neue den Schwiegereltern vorgestellt werden sollte. Sie erinnerte sich noch, wie nervös sie neben Henning im Auto gesessen hatte und an ihren Fingernägeln geknibbelt hatte. Henning hatte ihr dann beruhigend die Hand auf den Bauch gedrückt und gemeint, dass es schon nicht so schlimm werden würde, denn seine Eltern seien eigentlich doch ganz nette und liebe Leute. Und so war es denn auch, Rieke wurde mit offenen Armen in die neue Familie aufgenommen und auch Hennings Schwestern umarmten sie gleich bei der Begrüßung und sagten nur, dass sie so froh seien, denn Henning sei endlich in festen Händen und nun dürften sie wieder hoffen, auch bald ihre jeweiligen Freunde fester an sich binden zu können, denn wenn der Kronsohn unter der Haube ist, dann dürfen auch seine armen Schwestern endlich heiraten. Alle lachten und es war eine fröhliche und aufgeräumte Stimmung, sie hatten auf der Terrasse gesessen und es gab Tee mit Nussecken und viel Gelächter. Rieke hatte sich gleich wohl gefühlt in ihrer neuen Verwandtschaft. Sie hatten dann im Herbst geheiratet und es war ein großes fröhliches Fest gewesen.

Und jetzt war Henning mit den beiden Kindern bei den Großeltern im Ferienhaus, zwar nur übers Wochenende, aber Rieke fehlten sie alle jetzt schon, obgleich sie zunächst froh gewesen war, als sie abgefahren waren, nun hatte sie zwei Tage nur für sich, ohne ständige Kinderwünsche und das übliche Gequengel, sie brauchte nicht zu kochen und keine Pflaster auf zerschundene Knie zu kleben oder sich um die blauen Flecken ihres Mannes zu kümmern, wenn dieser mal wieder seine handwerklichen Fähigkeiten unter Beweis stellen wollte. Sie musste kurz auflachen, nein, die Handwerkerin der Familie war immer noch sie. Ihr Vater und besonders der Großvater hatten ihr den Umgang mit Säge und Hammer beigebracht und zur Konfirmation hatte sie vom Opa einen richtigen Handwerkskasten geschenkt bekommen, der hing noch jetzt an der Wand im kleinen Schuppen und war in ständigem Gebrauch. Erst vor drei Wochen hatte sie am Fahrrad ihrer großen Tochter eine neue Gangschaltung eingezogen.

»Hallo!«

Rieke schaute auf. Da stand am hinteren Gartenzaun gleich an der Pforte ein Mann, der ihr zuwinkte:

»Hallo, schöne Frau, darf ich Sie mal kurz stören?«

»Ja bitte.«

Rieke stand auf und schritt langsam auf den Mann zu. Der lehnte sich über die hölzerne Pforte und hatte ein kleines Päckchen in der Hand. Er lächelte oder grinste, sie war sich nicht ganz sicher.

»Ja bitte, was kann ich für Sie tun?«

»Oh, das ist aber ein freundliches Angebot.«

Der Mann war etwa in Riekes Alter und hatte kleine Grübchen neben den Mundfalten, sein Haar lag etwas windzerzaust und war hellblond. Er trug eine leichte Windjacke und Jeans.

»Ich hab da was für Neumanns, aber da ist wohl keiner zu Hause, oder?«

Rieke warf ihren Kopf etwas hoch und schaute zu den Nachbarn hinüber.

»Nein, die Neumanns sind weggefahren, schon vor ein paar Tagen.«

»Das ist aber schade, ich hatte mich so gefreut, den alten Otto mal wieder grollen zu hören.«

Rieke lacht auf. Der alte Otto Neumann und sein Donnergrollen, wie seine Frau Ilse es nannte; wenn Otto etwas nicht gefiel oder nicht in den Kram passte, dann holte er tief Luft und so ganz von unten her grollte es aus seiner Kehle und er brüllte fast, bis die meisten der Menschen, die ihn nicht kannten, dann zurück wichen oder gar davonliefen. Aber alle Nachbarn und Freunde fanden es mit der Zeit höchst vergnüglich, Ottos Grollen zu provozieren, sie genossen es richtig, denn Otto fiel immer wieder eine besonders originelle Art der Beschimpfung ein, so hatte er unlängst den Postboten, der neu und als Aushilfe für den altbewährten die Post gebracht hatte, einen »schleimhüpfenden Bedecktsamer!« genannt und diesen so mit hoch erhobener Faust zum Weglaufen gebracht. Und dann war Otto in sein Gelächter ausgebrochen, dieses Lachen war fast noch schwerer zu ertragen als sein sogenanntes Grollen. Alle Nachbarn hatten immer wieder ihren Spaß daran.

Rieke trat an die Zaunpforte und schaute sich den Mann genau an.

»Ich weiß auch nicht, wohin die gefahren sind. Aber ich weiß, dass alle weg sind, ich genieße das richtig. So ruhig wie in diesen Tagen war es höchst selten.«

Der Mann lächelte sie an und in seinen braunen Augen lag so ein Schimmer, als er sagte:

»Ihr seid aber auch nicht so ohne. Und wenn ihr den

alten Griesgram so gut kennt und all die Zeit ausgehalten habt, ich meine als Nachbar, dann steht ihr doch auch mit beiden Beinen auf der Erde. Ich bin übrigens der Markus.«

Rieke gefiel sein Lächeln. Sie schaute zum Haus der Neumanns hinüber und meinte, dass die Ilse doch immer eine Nordlandfahrt machen wollte und vielleicht sind sie ja deshalb nun weg und auf einem der Schiffe, die in die Fjorde Norwegens fahren.

»Ach ja, das könnte gut passen, denn Tante Ilse hat ja demnächst Geburtstag. Und dann wird sie ihren Ehrentag wohl auf einem Schiff feiern wollen. Ja, das wird es wohl sein.«

Markus sah fröhlich drein und meinte dann, dass er sich das gut vorstellen könne, denn seine Tante Ilse habe davon schon seit Jahren geredet und wenn die Ersparnisse all der Jahre nun ausgereicht hätten, dann wären sie wohl auf diese langersehnte Reise gefahren. Ja, er könne sich das gut vorstellen, auch dass sie niemandem davon erzählt haben,

»Denn Sie müssen wissen, erst wenn sie wieder da sind, dann werden sie uns alle informieren und dann kommen diese gefürchteten Diaabende im Herbst, da kann Onkel Otto dann wieder sein Improvisationstalent zeigen und er muss dann alles nachmachen, vom Dampfertuten bis zum Knirschen der Eisberge, wenn sie denn welche gesehen haben werden.«

Rieke und Markus lachten gemeinsam und Rieke fühlte sich irgendwie zu dem großgewachsenen Mann hingezogen. Sie lehnte an der Pforte und dann legte Markus seine

Hand auf ihren Unterarm und schaute sie direkt an und sagte, sie solle ihm einmal ganz fest in die Augen schauen.

Und Rieke versank in dem Braun der Pupillen und tauchte wieder auf an einem sonnigen Strand, Palmen säumten den Horizont und ein türkisfarbenes Meer breitete sich vor ihr aus, nur kleine Wellen schlugen an den Sandstrand und die aufragenden braunen Felsklippen. Sie stand mit Markus am Rand einer solchen Klippe, beide trugen kurze Neoprenanzüge und halfen einander, die schweren Atemluftflaschen auf den Rücken zu befestigen. Rieke zog die Rettungsweste über und dann den Bleigurt um die Hüften, nahm die langen blauen Flossen in die Hand und dann folgte sie Markus in das warme Wasser der Lagune. Nur allmählich wurde das Wasser tiefer und dann standen sie am Rande eines kleinen Abbruchs. Dort wurde das Meer dunkler. Sie zogen ihre Flossen an und drehten die Atemflaschen auf, Rieke nahm den Regler in den Mund und zog, die Luft kam sofort ohne Zögern. Sie wischte ihre Taucherbrille mit Speichel aus und dann mit Meerwasser, setzte die Maske richtig auf und folgte dann Markus hinein in die Tiefe.

Sie glitten über Felder von gelben und lila Seefarnen, die sich im Sog der Strömung leise hin und her wiegten und glitten mit nur ein paar Flossenschlägen tiefer hinab. Rieke schaute und schaute, links schwebte eine Gruppe von Engelsfischen an ein paar Hornkorallen vorüber, vor ihnen knabberten bunte Papageienfische zwischen den Elchkorallen und über dem Seegras spielten Drückerfische jagen. So zumindest sah es für Rieke aus. Markus deutete auf einen Riffabhang, sie schwammen dorthin und an der Felskante, die sich weit nach unten in einem tiefen Blau, das in Schwarz überging, verlor, am Abhang tummelten sich unzählige Fische aller Größen und Arten. In ihren Grotten standen oft unbeweglich Soldatenfische mit den roten Schuppen und den glotzenden Augen, überall konnten sie die Papageienfische an den Korallen nagen hören, Goldstriemen und Rotschwanzschnapper jagten einander durch die Höhlungen und verborgenen Gänge, ein Gruppe roter Meerbarben bog um einen hohen gelben Schwamm, eine silbrig glänzende Woge von Makrelen fegte wie ein Wirbelwind am Riff entlang und verschwand im tiefen Blau. Seesterne kletterten an den bunten Seefarnen oder legten sich zum Fressen auf Muscheln, gelbe Schwämme erhoben sich wie Schornsteine auf Felsvorsprüngen, kleinere Zackenbarsche drängten aus Höhlen und ein Napoleonfisch beäugte die beiden Taucher neugierig. Wie Hubschrauber aber stiegen Kofferfische in braun und blau und rosa auf und nieder und Rieke hielt einem sogar ihre Hand entgegen und ein rosa kleiner Kofferfisch mit heftig wedelnden Seitenflossen und einer wie rotierend erscheinenden Schwanzflosse kam neugierig heran, der Fisch mochte etwa so groß sein wie Riekes Fuß lang war, helle Augen und ein fast dreieckiger Körper mit aufblinkenden rosa Schuppen. Rieke konnte sich gar nicht satt sehen und unwirsch drehte sie sich um, als Markus sie an die Schulter fasste und bedeutsam auf ihr Finimeter zeigte. Die Luft ging zur Neige und sie stiegen langsam wieder auf, schwammen über die Riffkante ins Flachwasser und dann konnten sie bald schon in der knietiefen Lagune stehen. Rieke nahm ihr Mundstück heraus, schob die Brille hoch und wandte sich an Markus:

»Danke! Das war einfach wunderbar. Ich habe noch nie etwas so Schönes erlebt. Am liebsten möchte ich gleich nochmal hinunter. All die Fische, und dann die vielen bunten Pflanzen, und erst die kleinen Kofferfische, allerliebst.«

Markus grinste.

»Du musst dich jetzt erst mal ausruhen. Aber keine Sorge, ein solcher Ausflug hat auch bei dir eine Langzeitwirkung.«

Sie durchschritten das warme Wasser und kamen wieder auf den Strand.

Rieke plinkerte mit den Augen, dann sah sie Markus wieder scharf im Sonnenlicht, hinter ihm der Apfelbaum des Nachbarn. Markus neigte sich ihr etwas zu und meinte, sie fühle sich jetzt sicher wohler. Dann gab er ihr das Päckchen in die Hand und sagte:

»Das ist jetzt nur für dich. Viel Spaß damit. Ich muss aber nun leider gehen, du kennst das ja, immer diese Termine.«

Er wünschte ihr noch einen schönen Tag. Er ging und winkte an der Ecke noch einmal, ohne sich umzuwenden.

Rieke stand fast wie betäubt. Sie hielt das Päckchen fest und ging langsam zurück zu ihrem Haus, vorbei am Kirschbaum und dem bequemen Sessel darunter, auf dem noch das Buch lag, in dem sie mittags gelesen hatte. Rieke ging die Stufen zur Terrasse hoch und legte das Päckchen auf den Tisch, in der Küche machte sie sich einen Tee und kam dann mit dem dampfenden Becher zurück und setzte sich mit Blick auf den Garten. Sie trank einen Schluck, dann nahm sie das Päckchen, braunes Packpapier, umwickelt mit einer gelben Schnur. Sie öffnete die Knoten und wickelte es aus, innen feines weißes Papier und darin eingewickelt fand sie einen handballgroßen metallenen Kofferfisch mit kleinen Flossen rechts und links und oben und einer zierlichen Heckflosse. Die Augen waren groß und schauten neugierig, überall auf dem ganzen Körper waren mit Gold abgesetzte blaue Schuppen auf das Metall gemalt. Vor der Rückenflosse gab es eine Öse. Sofort stand Rieke auf und holte aus der Küche die Rolle mit Bindfaden, die dort für Pakete und Notfälle bereitlag. Sie biss ein ziemlich langes Stück Faden ab, fädelte es durch die Öse am Fischrücken und dann band sie den blauen Kofferfisch an einen Kirschbaumast.

Als am nächsten Spätnachmittag ihre Kinder und Henning wieder kamen und sie nach dem Abendbrot die Kinder ins Bett gebracht hatte, kam sie auf die Terrasse. Da stand Henning im Garten mit seinem Glas in der Hand und lächelte zu ihr hoch und meinte:

»Ein blauer Fisch bei uns im Kirschbaum? Wo kommt der denn her?«

Rieke ging zu ihm hin und schmiegte sich an ihn.

»Ach. Das ist eine lange Geschichte. Das erzähl ich dir ein andermal.«

Die Hähne der Nacht

Es war zum Verzweifeln. Koko Benson saß am Rand der Steilklippe und schaute in die schäumende See. Graugrün wogten die aufgewühlten Wasser in die kleine Bucht hier am hohen Ufer. Der Tornado war weitergezogen, es war der vierte in diesem Herbst gewesen, wie jedes Jahr zogen auch in diesem wieder im Oktober die Wirbelstürme über die Karibik; dieser hatte die Insel nur kurz gestreift an der oberen Biegung, die Begegnung war kurz aber heftig gewesen. Denn dort lag die engste Stelle der Insel, das Glass-window, an dieser Stelle war der Atlantik nur fünf Meter vom karibischen Meer getrennt. Und genau dort hatte der Tornado zugeschlagen. Er hatte die Brücke über diese Engstelle abgerissen und damit die Straße auf ungefähr vierzig Meter weggebrochen, wie Koko schätzte; das darunter liegende spitzige Gestein wurde auf der rechten Seite von den blaugrauen meterhohen Wellen des Atlantik zerwühlt, auf der linken waren die türkisfarbenen Wogen der Karibik nur halb so hoch und insgesamt etwas ruhiger. Fast schien es Koko, dass der Nordteil der Insel wie abgebissen erschien. Alles war so tief herabgestürzt, dass ein Hinüberkommen oder gar Herüberkommen unmöglich wurde. Dabei lebte dort oben in einem kleinen Dorf im Nordteil seine Lucille.

Die kleinen Ortschaften dort waren also für eine längere Zeit von der übrigen Insel abgeschnitten, also auch vom Hafen, über den alle Menschen auf der Insel versorgt wurden. Denn mit Ausnahme der hier wachsenden Früchte wie Ananas, Kokosnüssen und Bananen musste alles andere, was die Insulaner zum Leben brauchten, per Schiff oder mit dem Flieger aus fernen Ländern oder anderen Orten hergebracht werden. Aber wenn die herbstlichen Tropenstürme kamen, kam kein Flieger mehr, fuhren keine Schiffe in den kleinen Hafen von Governors Harbour. Dann waren die Menschen auf diesem paradiesischen Eiland sich selbst überlassen. Und wenn dann noch die satellitengestützten Telefon- und Fernsehverbindungen abgestürzt waren, blieben nur die alten Tugenden: die Menschen kamen wieder zusammen, sangen die alten Stammeslieder aus uralter afrikanischer Zeit, die verstimmten Gitarren und Ukulelen wurden hervorgeholt und auf den silberfarben gestrichenen aus alten Ölfässern gearbeiteten Steeldrums spielten sie die alten Rhythmen und Lieder. Keine Touristengesänge, oh nein, sondern die alten, die echten, die mystischen, die von den offiziellen Kirchen verbotenen Lieder; sie sangen von den alten Göttern, von den Geistern des Meeres, des Sturmes, von den Engeln des Todes, von den Hähnen der Nacht, die nur demjenigen zur Mitternacht krähten, der den nächsten Tag nicht mehr erleben sollte; so sagten jedenfalls die Alten und zogen an ihren selbstgedrehten Marihuanazigarren Die Schamanen jeden Dorfes kannten alle öffentlichen und auch die geheimen Gesänge, und mit vielerlei Früchten, Papayapulver, unverfälschtem Rum, diversen getrockneten Pflanzen und Wurzeln, gegerbten Schlangenhäuten und gebleichten Haigebissen murmelten sie ihre Beschwörungsformeln über rauchenden kleinen Feuern. Der Oberschamane aus Kokos Dorf bevorzugte die abgewetzte Haut einer großen Würgeschlange; einer der Kutter hatte vor Jahrzehnten aus Brasilien eine Anaconda mitgebracht, die sich gleich in den Sümpfen der Insel versteckt hatte, aber nach einigen Monaten wurde sie von Bart Christian gesichtet und dann gefangen. Der brachte sie gleich zum Oberschamanen und erhielt eine Belohnung, die in einem Liebeszauber bestand, der musst auch wohl gewirkt haben, denn drei Monate später heiratete Bart Christian seine Trisha. Sie waren noch immer ziemlich glücklich miteinander.

Lucille.

Koko hatte sie heute wieder einmal besuchen wollen, denn er war mit der letzten Fähre aus Miami herüber gekommen und hatte ein wichtiges Geschenk für Lucille mitgebracht. Sie hatte nämlich bald Geburtstag, aber für den Festtag sollte sie zuerst noch etwas anprobieren, damit an ihrem Ehrentage auch alles passend zugeschnitten war. Und Koko musste wissen, ob die Schuhe passen könnten. Die Spitze am Kleid ließ sich ohne große Mühe zuschneiden und gegebenenfalls auch noch verändern und an den Ärmeln kürzen, aber die Schuhe ....Und dazu musste er zu Lucille. Und nun der Tornado, dieser Hurrikan zerstörte all seine Pläne, seine Hoffnungen, abgesehen von dem langen liebesfrohen Wochenende, was er sich so vorgestellt hatte.

Koko schaute in die Wellen. Bei einem derartig hohen Seegang fand sich auch kein Fischer, der mit seinem kleinen Außenborder an das obere Inselende fahren würde. Es war zum Verzweifeln. Jetzt hatte er nahezu alles, was er brauchte, um Lucilles Herz für immer zu erobern, und nun das. Er kam nicht zu ihr hin. Koko schlug mit den Fäusten auf das trockene Gras ein. Dann beruhigte er sich und atmete ein paarmal tief durch.

Ihm blieb nur das Warten. Warten, das kannte er ja zur Genüge. Koko hatte schon oft in seinem Leben und schon lange gewartet, immer mal wieder war er in Situationen gekommen, wo er nichts anderes tun konnte als zu warten.

Bei der Abschlussprüfung der High School, wenn er daran dachte, begann er noch heute zu schwitzen.

Nachdem sie die letzte Arbeit geschrieben und abgegeben hatten, saß er mit den anderen unter den Kokospalmen im Sand des Schulhofs und starrte auf die hellblau gestrichene Wand der Lehrerbaracke, in der die Lehrer sich über die Arbeiten beugten und die Zensuren verteilten und entschieden, wer nun bestanden hatte und wer noch einmal das Schuljahr wiederholen sollte. Mit den anderen alberten sie herum, Gus rauchte schon mal heimlich eine Zigarette, er konnte es sich leisten, sein Vater war an der Bank, was auch immer er dort tun mochte. Die anderen Jungen hatten zwar alle schon einmal eine Zigarette oder auch eine selbstgedrehte mit Marihuana geraucht, aber das Taschengeld war knapp bemessen und bei den Mädchen galt es als uncool, mit Nikotinatem zu küssen, denn auch sie konnten sich den teuren Tabak nicht leisten, sie rauchten höchstens in den Tanzschuppen, wenn die Touristen ihnen eine Zigarette anboten. Aber wie die meisten Jugendlichen auf den Inseln waren sie alle auch hier finanziell so knapp gehalten, dass sie ihr Geld lieber für anderes ausgaben, zum Beispiel für eine Kinokarte oder einen Segeltörn am Wochenende mit ihren Freunden. Dann ging es zu viert oder sechst auf eine der kleineren unbewohnten Inseln, man verteilte sich auf den langen Sandstränden und unter den oft gebeugten Kokosbäumen, jedes Paar fand einen sicheren ungestörten Platz und am nächsten Mittag traf man sich wieder am Boot und segelte zurück. Alle waren glücklich, meist zumindest, denn im eigenen Dorf unter den Augen der Eltern und anderen Familienangehörigen war ein ungezwungener und vor allem ungestörter Sex nicht so einfach zu haben. Und für die meisten der Jungen und Mädchen während und nach der Pubertät war die sexuelle Entwicklung und das Erleben mit dem anderen Geschlecht –mitunter auch mit dem eigenen – viel wichtiger als Zigaretten oder Alkohol.

Das war etwas für die Tagesarbeiter, die für geringen Lohn ihre Arbeitskraft verdingten und dann am Supermarkt diese in braunes Packpapier eingehüllten Flaschen in der Hand hielten, wenn sie mit schlurfendem Gang durch das Dorf zogen oder am Hafen unter den Laternen saßen. Koko hatte es schon als Schulkind höchst merkwürdig gefunden, dass Rum oder Whiskey und Gin nur in diesen braunen Papiertüten ausgegeben wurden, und er hatte seinen Onkel Albert mal gefragt, der war bei der Müllabfuhr und als staatlich Bediensteter genoss er ein hohes Ansehen im Dorf, er hatte ja ein regelmäßiges Einkommen, bezahlten Urlaub und bekam eine gute Krankenversicherung. Der Onkel Albert hatte ihm erklärt, dass diese Papiertüten noch aus der Kolonialzeit stammten, denn die vielen älteren weißen Frauen, die zu oft auf den Veranden der weißgestrichenen Häuser an der Hauptstraße in ihrem Korbgestühl gesessen hatten und im Schosse das Strickzeug ruhen ließen, die hatten etwas gegen die Kombination von Alkohol und Männern. Die meisten von denen waren Blaukreuzler, hatte ihm der Onkel erklärt, das sind Menschen, die jegliche Form von Alkohol ablehnen und geradezu messianisch auf alle anderen einwirken wollen und glauben, der Alkohol sei vom Teufel selbst gebraut. Dann kam ein pfiffiger Kaufmann auf die Idee mit den braunen Tüten und zunächst konnten die Frauen auch nur sehen, wie Männer öfters solche brauen Papiertüten bei sich trugen, sie wussten es zunächst ja nicht besser. Sie waren also ganz beruhigt, denn in der Umgebung war keine Flasche Whiskey mehr zu sehen. Aber so nach und nach kamen sie dann auch dahinter, und heute hat es sich eben so entwickelt, dass nur noch selten andere Dinge in diesen Tüten verpackt werden, man weiß heute gleich, was der da drin hat, nur ob Gin oder Whiskey, das ist nun die Frage. In anderen Ländern ist das ganz anders, ich weiß noch, als ich auf Guadeloupe war oder auch auf Curacao, da konnte man seine Flasche Schnaps ganz offen kaufen und mit sich herumtragen. Aber diese Inseln gehören ja auch zu Holland oder Frankreich. In Europa sehen die das alle wohl sehr viel lockerer.

Für Koko waren diese Erläuterungen zusammen mit seinen Beobachtungen von US-Bürgern, die per Boot oder mit dem Flieger auf seine Insel kamen, eine Bestätigung für die Neurosen der Amerikaner, die für ihn so voller Egoismen waren, dass sie von der Schönheit der Welt, der Natur und gar den Menschen nicht viel mitbekamen, denen ging es meist nur um: Wer hat den größten Fisch gefangen, wer hat die längere Yacht, wer hat den tollsten Job, wer kann am besten mit dem Chef, wer bekommt die nächste Frau am schnellsten ins Bett. Es waren schon seltsame Menschen, diese Amerikaner, dachte Koko manchmal, fast schien es so, als ob sie nie aus ihrer Pubertät herausgekommen seien. Und auf's Warten verstanden sie sich gar nicht.

Aber geduldig sein, das war etwas ganz anderes. Koko war nicht geduldig, es sei denn, er konnte die Zeitspanne überblicken, die er mit einer für ihn nutzlosen Wartezeit zubringen musste. Wie zum Beispiel am Flughafen, wenn Bahamas Air wieder einmal nicht rechtzeitig ankam. Oder in Miami an der Fähre, wenn der Kapitän noch auf eine Lieferung von hochgepackten Paletten wartete, die er auch auf die Inseln mitnehmen wollte, sollte oder musste. Dann stand Koko wie alle anderen Passagiere auch an der Reling und starrte auf den Kai, wo die Kräne dann die Lastwagen entluden und die meist blau verpackten Paletten durch die Luft in den Frachtraum der Fähre bugsierten; meist dauerte es auch nur ein, zwei Stunden, ehe das Schiff dann doch die Leinen losmachte und hinaus auf die Karibiksee fuhr. Wenn das Wetter gut war, wenn die See ruhig war.

Wetterberuhigung.

Ja, das war genau das, was er jetzt brauchte. Eine stille See und eine schöne lange Wetterberuhigung. Und was konnte er dafür tun?

Das war ja klar. Er musste zum Voodooschamanen gehen. Wenn einer es schaffte, dann Jacob, der Voodopriester.

Koko glaubte nur wenig an Geister und Spuk und Übersinnliches, zumindest mit dem Kopf, aber tief in seinem Innern war er sich nicht sicher, ob nicht doch etwas daran sein könnte. Denn wenn er an seine Tante Marcie dachte, die hatte sich immer einen Sohn gewünscht, und dann war sie zu einer der wissenden Frauen gegangen, die hatten dann einen Voodoozauber gemacht und ein Jahr später hatte Marcie einen kräftigen Sohn geboren. Oder Tim Robbins, der Fischer, der hatte nach einen heftigen Sturm sein zerrissenes Netz verflucht und war dann zu einem der Voodootempel gegangen und hatte um einen richtig großen Fang gebeten, und als er dann wieder mit einem neuen Netz, das er auf Kredit gekauft hatte, wieder auf See gefahren war, kam er zurück mit einer unglaublichen Ladung Grouper und, nicht zu vergessen, die vollen Kisten mit Langusten, den »Bahama-Lobstern«. Damit allein konnte er das neue Netz bezahlen und abends im Bucaneers Club beim dritten oder vierten Glas Bier erzählte er voll Stolz, dass er das alles nur den Göttern des Voodoo zu verdanken habe und er habe auch die Absicht, sich von denen leiten zu lassen bei der Wahl seiner zukünftigen Frau, denn die Götter wüssten sicher, was sie täten, und die könnten auch besser als er in die Herzen der Frauen schauen. Erst hatten alle gelächelt, aber dann im Laufe der Nacht waren die meisten stiller geworden, über die Götter lästert man nicht, aber man redet auch nicht über sie in aller Öffentlichkeit. Das muss alles eher im Geheimen bleiben. Denn die Macht der Götter soll verborgen sein, wenn sie wirklich wirken muss. Und so wusste jeder von einem oder zweien, die von den Göttern des Voodoo schon profitiert hatten, aber in aller Öffentlichkeit wollte sich keiner dazu äußern. So ging es Koko auch, einerseits hoffte er, dass die Voodoogeister oder Götter oder Gespenster oder wie man sie auch nennen mochte, das für ihn tun konnten, was er von ihnen möchte, andererseits nagte der Zweifel, ob es denn wirklich sein könne, auch in unserem technischen Zeitalter, dass derart altmodische Wesenheiten, die mit Zigarrenrauch, viel Karibikrum und geopferten Tieren Dinge vollbringen konnten, an die ein üblicher Verstand nie gedacht haben dürfte.

Koko stand auf, klopfte sich den Sand aus den Kleidern und fuhr nun viel munterer in seinem grünen Pick-up den Weg zurück in das kleine Dorf.

Unterwegs kamen ihm ein paar Wagen entgegen, Koko erkannte den Bürgermeister und Mr. Johanson, den Besitzer des Supermarkts. Die wollten sicher erkunden, wie schlimm es mit der Zerstörung am Glaswindow wohl geworden war, ob man bald schon die Dörfer dort oben wieder aufsuchen konnte oder nicht. Und dann gab s noch etwas, im Norden der Insel war eine der wichtigen Außenstellen der US-Navy, Dort war ein kleiner Marinestützpunkt der Amerikaner, mit etwa dreißig US-Soldaten, die seit der Eroberung von Grenada und den vielen Flüchtlingen aus Cuba ein wachsames Auge auf die See und die kleinen Fischer hatten. Die Regierung stand sich nicht schlecht dabei, denn die USA zahlten in harten Dollars, sie wollten in ihrem Hinterhof alles unter Kontrolle haben, und die bahamesische Regierung konnte das Geld gut gebrauchen.

Auch seine Lucille arbeitete für diese Amerikaner, zumindest zeitweise. Sie war in der Verwaltung tätig und saß an drei Tagen dort in einer der Holzbaracken im Büro des kommandierende Generals, um eingehende Schreiben zu beantworten und Diktate entgegen zu nehmen. Es war eine angenehme Arbeit, nicht allzu schwierig, denn es fielen kaum wichtige oder gar geheime Dinge an, alles war unaufgeregt und lief hier auf den Inseln seinen ruhigen Bahamagang; was heute nicht mehr fertig wurde, das wurde eben auf Morgen oder vielleicht auf nächste Woche verschoben, denn vor der Arbeit kam das nächste Goombayfest oder ein zu feiernder Geburtstag oder eine Hochzeit oder eine Beerdigung oder oder. Und allmählich hatten sich die Amerikaner daran gewöhnt und machten es genau so wie die Einheimischen, alles ging gemächlich.

So wie der Straßenbau. In der Gluthitze der Tropensonne bewegten sich die Bauarbeiter auch nur in Zeitlupe, aber sie schafften es irgendwie dennoch, dass im Laufe des Jahres die schlimmsten Löcher in den Straßen geflickt wurden. Und eine neue Straße zu bauen, mit den großen Asphaltmaschinen und den dazugehörigen zehn oder zwölf Mann, das gab es nur an den touristischen Hauptzielen, auf Nassau oder Long Island, wo die glitzernden Spielkasinos den Urlaubern das Geld aus den Taschen zogen. Aber alles mit Stil und karibischen Rhythmen, mit breitem Lächeln und viel, viel Rumpunsch.

Koko steuerte den alten Wagen nach links auf die zugewucherte Queens Road, einstmals die einzige Straße, die durch die ganze Insel zog vom Norden bis nach Rock Sound tief im Süden. Jetzt war diese ehemalige Prachtstraße, die von einer leibhaftigen englischen Prinzessin vormals eingeweiht worden war, nur ein sandiger Pfad, überwuchert mit scharfkantigem Gras, an den Rändern Palmen der ehemaligen Plantage und vereinzelt freie Flächen voller Disteln. Koko steuerte in langsamer Fahrt über die am Boden liegenden Kokosnüsse und Palmwedel, die der Sturm abgerissen hatte. Er fuhr gemächlich an der aufgelassenen Hühnerfarm vorbei, die hoch auf den Klippen allmählich verrottete.

Koko hielt an und stieg aus. Er ging langsam an den Rand. Tief unten brodelte das Meer, Treffpunkt der Haie, Sharkpoint, so nannten die Insulaner diesen Punkt. Von den Fischen war heute nichts zu sehen. Aber sie waren nie weit weg. Koko wusste das. Er war oft mit Bart Christian und Tim Robbins in dem kleinen Boot hinausgefahren, sie waren ohne Atemgerät nur mit den Brillen, dem Schnorchel und ihren Harpunen dann hinabgetaucht und hatten zwischen den Felsen dann Groupas und Red Snapper geschossen. Wenn sie Glück hatten, schwamm auch einmal eine Wasserschildkröte durch das Gebiet und dann kochte Tims Frau Peace'n Rice mit Schildkrötensteaks. Das war natürlich streng verboten, genau wie das Fangen der Conchmuscheln, aber es schmeckte einfach zu gut.

In früheren Zeiten hatten die Arbeiter, die in der Farm die Hühner schlachteten und rupften, deren Köpfe und

Innereien hier einfach über die Klippen geworfen, daher waren die schlauen Meeresräuber gern hierher geschwommen und hatten sich gütlich getan, so hatte der Sharkpoint seinen Namen bekommen.

Koko setzte sich in die Sonne und ließ sich vom Wind kühlen. Was sollte er nun tun und vor allem, was sollte er den Voodoomann fragen? Sollte er danach streben, selbst über die Bresche des Glass-windows zu klettern oder mit Seilen und Drähten oder sonst wie hinüber zu kommen und dann zu Lucille eilen, das hätte ja bedeutet, dass er dort unter Umständen festsitzen würde für ein paar Tage oder gar für länger, falls die Fähren und Boote über eine geraume Zeit nicht fahren würden. Oder sollte er Lucille kommen lassen, irgendwie, und dann müsste sie entweder bei ihrer Tante Agnes wohnen müssen, was diese nicht sehr schätzen könnte, oder seine Lucille könnte überredet werden und bei ihm wohnen, auch wenn die Nachbarn darüber sich das Maul zerreißen könnten. Denn das Gerede der Leute über die anderen war auf den Inseln, wo jeder jeden kannte, noch viel größer als anderswo, denn zum einen gab es keine tägliche Zeitung, die über Neuigkeiten auf der Insel berichteten konnte; die einzige Zeitung der Out Islands erschien einmal wöchentlich, sie wurde mit dem Postschiff geliefert und war sehr begehrt, es gab auch immer zu wenig Exemplare für alle, so ging das meist sechsseitige Blatt von Hand zu Hand und wurde dann nach einigen Wochen zuletzt zum Einwickeln der Fische oder Gurken auf dem Markt benutzt. Aber wenn er Lucille tatsächlich überreden konnte, bei ihm zu wohnen, dann wäre spätestens nach drei Tagen der Priester vor seiner Hütte und würde energisch von ihm verlangen, dass endlich der Hochzeitstermin vereinbart würde. Das aber wollte Koko nicht. Oder besser, noch nicht. Denn dann müsste er das ganze Dorf einladen und seine Freunde und Bekannte aus den anderen Dörfern würden auch kommen, es würde ein riesiges Fest werden, auf der freien Fläche vor dem Rathaus würden die Feuer brennen und viele Hühner, Ziegen und Wildschweine würden sich an den Spießen drehen und die Frauen des Ortsvereines würden Süßkartoffelstampf und Salate vorbereiten und Mr. Johanson hätte ein paar Fässer Bier angeliefert und viele Besucher brächten ihren eigenen Rum mit oder auch den gemischten Rum, Rum mit Ananas zugesetzt oder mit Kokosnuss oder mit Papayasaft; die Zeremonie in der Kirche würde den halben Nachmittag dauern und dann würde gefeiert werden, solange sich noch einer auf den Beinen halten konnte, also mindestens drei Tage lang, und was in dieser Zeit alles verzehrt und getrunken werden würde, das alles musste Koko dann bezahlen, und vor allem an Mr. Johanson. Und er würde dann sein Konto überziehen müssen und sich danach eine regelmäßige Arbeit suchen müssen, denn irgendwie müsste er ja die Schulden abbezahlen, dazu gab es nicht viele Möglichkeiten. Er könnte beim Straßenbau helfen oder auf der Werft, das hieße aber, dass Koko schon bei Sonnenaufgang an der Arbeitstelle zu sein hatte und seine Lucille dann den ganzen Tag allein zu Hause bleiben müsste. Und das für mindestens ein halbes Jahr, denn so viel würde ihn eine solche Hochzeit sicher kosten. Es war eben üblich auf den Inseln, dass man es sich nicht nehmen ließ, das Ehepaar ausgiebig zu feiern, und je beliebter einer oder eine bei den Insulanern war, desto länger wurde gefeiert. Und Koko war sehr beliebt und allen bekannt und Lucille hatte auch ihre zahlreiche Familie, auch auf andern Inseln, und viel Freundinnen noch aus der Schulzeit, und dann kamen noch die Amerikaner dazu.

Koko seufzte. Alles in allem würde ihn so eine Hochzeit mit Lucille hier auf der Insel ein halbes Lebensjahr kosten. An Zeit und an Geld sowieso. Und dann, würden sie hier in seiner Hütte leben können, könnte er weiterhin mit seinen Freunden angeln gehen oder segeln oder auch nur in den »Bucaneers Club« am Abend auf einen Rumpunsch gehen und gemeinsam mit den anderen Gästen dort singen und dem Dorfklatsch lauschen? Würde Lucille dahin mitkommen oder zumindest an einem Abend in der Woche ihm gestatten, dorthin zu gehen? Oder mussten sie auf die Nordspitze der Insel umziehen, weil Lucille nicht auf ihre Arbeitsstelle dort bei den Soldaten verzichten wollte oder konnte, schließlich brachte das gutes Geld ins Haus, und wie heißt es doch in dem populären Lied: »We do all work for the Yankee-Dollars.«

Und die Frauen von heute wollen doch so emanzipiert sein, das heißt, sie wollen selbst bestimmen, was sie tun und lassen, sie wollen ihr eigenes Geld verdienen und es auch selbst ausgeben können. So jedenfalls redeten die Touristen und mitunter sogar die Einheimischen, jedenfalls die Gutsituierten, wie Doreen Pinder, die eine eigene Boutique besitzt. Früher nannte man das einen Klamottenladen und viele der Dorfleute kauften dort ihre Jeans und bunten Hemden, die zum Teil von Doreen selbst bemalt worden waren. Aber seit immer mehr Touristen auf die Insel kamen, hieß es eben »Boutique Doreen«. Koko kaufte seine Jeans und Hemden nun wie die meisten eben im Supermarkt bei Mr. Johanson. Der hatte Glück gehabt, er hatte die Tochter vom alten Edward Pinder geheiratet, dem gehörte fast die halbe Insel, er hatte viel Geld gemacht mit Ananas und Papayas, außerdem gehörten ihm drei Fischkutter, die er aber verpachtete hatte. Im Bucaneers Club hatte der große Tim Robbins, der anerkannt beste Fischer der Insel, nach einigen Gläsern Rumpunsch deutlich gemacht, dass er nur unter heftigen Drohungen dem alten Pinder sein jetziges Boot hatte abkaufen können, denn »er meinte doch zu mir, das sei so etwas wie seine Altersversicherung, mit der Vermietung seiner Boote könne er dann einmal später seine Rente bestreiten, wenn er erst im hohen Alter wäre. Und das sagte er mir ins Gesicht, dabei war er damals schon weit über achtzig.«

Die Leute werden eben alt hier auf den Inseln. Das gute Klima und die vernünftige Ernährung, viel Reis und Fisch und frische Früchte, es gab zwar einen Mac-Donalds, aber nur unten in Rock Sound. Koko selbst war einmal dort gewesen, das war zu der Zeit, als er seinen Führerschein gemacht hatte, da musste er mit dem Fahrlehrer, David Pinder, einmal die ganze Insel durchfahren, damit er alle schwierigen Strecken und Engpässe kennenlernen konnte, denn damals wollte er unbedingt den Führerschein machen, um ein Taxi fahren zu können. Das Geld für das Taxi sollte ihm sein Onkel Albert leihen, und mit den Gewinnen aus den Fahrten vom Flugplatz zu den Hotels und dann wieder die Touristen zurück zum Flughafen wollte er im Laufe der Monate dann seine Schulden abbezahlen. Das war sein Plan. Aber daraus wurde nichts, denn erstens kamen nicht so viele Touristen mit dem Flugzeug, das waren in der Woche vielleicht gerade einmal sechs oder sieben, und zum anderen kamen die meisten mit Gutscheinen von den beiden großen Hotels, die konnte Koko dann einlösen, aber da kam nicht viel bei heraus, und mit Trinkgeldern waren vor allem die Damen sehr knauserig, vor allem, wenn sie schon häufiger auf der Insel gewesen waren. Dann brauchten sie ihre Dollars für die hochgewachsenen elegant gekleideten Tanzpartner, die auch schon mal bereit waren, eine Nacht mit den weißen Ladies zu verbringen. Das war für die einheimischen Eintänzer kein schlechter Job, fanden zumindest diejenigen, die das machten, aber für Koko war das nichts. Für ihn gab es nur seine Lucille.

Er schüttelte den Sand aus den Schuhen und setzte sich wieder in seinen alten Pickup. Bei der Weiterfahrt klopften die zerfaserten ausgedörrten Schalen der Kokosnüsse gegen den Unterboden des Autos und erzeugten so einen Rhythmus, zu dem Koko am Steuer dann einen langsamen Calypso sang. Kurz vor der großen Biegung drehte er scharf nach rechts ab auf einen kaum sichtbaren Sandpfad, der durch eine schier undurchdringliche Wildnis von Bambus, Brombeeren, Stachelbüschen und kleinen Akazien führte.

Koko fuhr bis dicht an die dunkelbraune Hütte, die aus verschiedenem Strandgut zusammengezimmert war, das Dach war mit Palmblättern aber frisch gedeckt. Koko stieg aus und zog an der kräftigen Hanfschnur, die neben der rot gestrichenen Haustür hing. Irgendwo erklang so etwas wie ein Gong, dann hörte Koko lange nichts. Er setzte sich auf den wackeligen Stuhl neben der Tür und wartete geduldig. Wieder dieses Warten, er war es langsam leid. Aber andererseits, es gab ihm noch einige Minuten, um nachzudenken, was er denn nun wirklich von den Geistern wollte. Plötzlich stand Jacob vor ihm; ein kleiner tiefschwarzer alter Mann mit grauem kurz geschnittenem Bart in weißem Hemd und hellbrauner Khakihose, er war barfuß und hielt eine blaue Blume in der Hand.

»Ich hätte nicht gedacht, dass ich dich schon so bald wiedersehe, du alter Bananensammler!« grinste Jacob und hob seine Hände, als ob er mit der Blume Koko segnen wolle. Koko stand auf und verbeugte sich leicht:

»Ich brauche eben deine Hilfe wie sonst noch nie, Jacob. Ich meine, ich brauche die Hilfe deiner Geister.«

Dann setzten sie beide sich vor die Hütte und Koko erzählte, dass das Glass-window zerbrochen sei durch den Hurrikan und er bei dem Wetter nicht zu seiner Lucille fahren könne, denn kein Fischer würde sich bei dem hohen Wellengang aufs Meer trauen, und bis die Behörden nach ausführlicher Begutachtung des Schadens mit einer Reparatur der Straße nach Norden beginnen würden und wie lange das dauern möchte, es würde sich sicher bis zum nächsten Jahr hinziehen, denn alles Baumaterial musste schließlich erst aus den Staaten oder von einer der anderen Inseln herbeigeschafft werden, und das sicher per Schiff, denn allein mit Flugzeugen war das bei der notwendigen Menge wohl nicht zu bewältigen. Und wenn erst Schiffe wieder fahren würden, dann könnte Koko auch mit einem der Fischer auf die Nordspitze kommen zu seiner geliebten Lucille. Aber das würde dauern. Und vielleicht konnten die Geister ja dazu bewogen werden, eine Wetterberuhigung zu verursachen.

Jacob hörte ihm zu und nickte bedächtig, ja, er habe aber erst am Morgen im Radio aus Miami gehört, dass ein neuer, weit heftigerer Hurrikan auf die Inseln zusteuere und es sicher noch mindestens eine Woche dauern würde, ehe man wieder mit einem der kleinen Fischerboote hinausfahren konnte. Was aber sollte er nun für Koko tun, sollte er die Geister beschwören, dass seine Lucille wie auch immer heute oder morgen zu ihm käme oder wollte er erreichen, dass ihm ein Weg aufgezeigt würde, wie er selbst auf die Nordspitze zu seiner Geliebten kommen könne.

Koko nickte vor sich hin. Da war es wieder. Er sollte die Entscheidung treffen. Es hing also wie so oft im Leben wieder von ihm ab. Wenn er eine falsche Entscheidung traf, dann konnte er das mit Lucille vergessen. Und das wollte er nicht. Was würde Lucille von ihm erwarten? Sollte er wie der Geist aus der Flasche plötzlich vor ihr stehen, also irgendwie mit Hilfe der Voodoogeister in den abgetrennten Nordteil gelangen, oder war es für alle sinnvoller, dass Lucille, seine Lucille, zu ihm hier auf den sicheren Boden der Insel gelangen konnte und sie dann beide den nächsten großen Sturm gemeinsam überstehen könnten? Was war zu tun? Was erschien das Beste in dieser Situation?

Koko wägte seine Überlegungen hin und her. Endlich nahm er die linke Hand des Voodoopriesters, umfasste mit der anderen den Stängel der blauen Blume und sagte, dass er gern auf die Nordspitze zu Lucille kommen möchte. Jacob schaute ihn ernst an und meinte dann, dass es vielleicht machbar sei und dass er allen Mut brauchen werde, denn die Geister würden nicht mit sich spaßen lassen.

»Also komm mit, wir müssen dann aber erst die erforderlichen Dinge besorgen.«

Die beiden Männer stiegen in das Führerhaus des Pickup und Koko fuhr los. Sie fuhren nach Gregorytown, wo Jacob in einer kleinen Hütte verschwand und mit einer handvoll grauer Leinensäckchen wieder herauskam. Dann fuhren sie an den Caves vorbei zu einem kleinen Hühnerhof direkt an der karibischen See. Dort stiegen sie beide aus und Jacob schlug den Gong, der an dicken Drähten neben einem hohen rot blühenden Hibiskusstrauch an einem abgestorbenen Bäumchen hing. Jacob schlug den Gong eine ganz Weile, dann kam vom Ufer her eine tiefe Stimme:

»Ich komm ja schon, nur mit der Ruhe.«

Die etwas steile Böschung kam ein älterer Mann heraufgeklettert, in blauem Overall und mit einer hellen Baseballkappe; er nahm seine Sonnenbrille ab und legte einen Kescher mit zappelnden Fischen neben den Gongbaum.

»Was führt dich denn mal wieder zu mir, Onkel Jacob? Willst du mir wieder mal ein Stück Land verkaufen?«

Dann lachten die beiden laut auf und fielen sich um den Hals, klopften sich auf die Schultern und Rücken und Koko stand daneben und wusste nicht, was er tun sollte oder ob er lieber nichts machen sollte.

Endlich hörte das Begrüßungsritual der beiden älteren Männer auf und seufzend ließen sie voneinander ab. Dann sagte der leicht keuchende, aber lächelnde Jacob:

»Weißt du, das hat mir gutgetan. Ich brauchte das nach so langer Zeit.«

»Es waren ja auch nur vier Jahre, die wir uns nicht gesehen hatten. Du warst ja immer so beschäftigt mit deinen Schlangen.«

»Keine Schlangen! Du meine Güte, ich habe Schlangen noch nie gemocht. Und jetzt in meinem Alter. Du hast da was verwechselt, ich habe mich nicht mit Schlangen beschäftigt, sondern mit Muscheln. Muscheln! Das war meine Muschelzuchtanlage! Du weißt ja, dass die Regierung uns die geliebten Conches verboten hat, weil sie auf der roten Liste stehen. Sie sind eben selten geworden in den Meeren, und da wollte ich etwas ähnliches züchten. Das war nicht so einfach. Aber wenn du die Fischer fragst hier und auf den anderen Inseln auch, alle fangen noch Conches, wenn sie welche finden können, dann gibt es ein Festessen. Ich habe dann mit den Pazifikaustern etwas versucht und mit Hilfe der Wasserwesen ein paar neue Arten von Muscheln gezüchtet, aber das war alles nicht erfreulich, im Gegenteil, die allermeisten davon konnte man nicht essen, sie schmeckten bitter oder rochen wie verbrannte Erde. Dann hab ich es mit den glänzenden Perlmuttmuscheln ausprobiert und den Herzmuscheln und den Sandkrabben, ich wollte eine Art Verbindung schaffen zwischen dem Muschelfleisch und dem Geschmack von Tiefseekrabben, aber das wurde alles nichts. Es gibt Grenzen für uns, da lässt sich die Natur nichts vormachen, die hat ihren eigenen Kopf, und vermutlich ist das auch gut so. Wenn der Mensch alles machen könnte, was immer ihm vorschwebt, dann gäbe es eine Fülle von Diktaturen auf der Welt und jeder möchte dann eine Kiste voll Gold sein eigen nennen und über andere herrschen und wie im Schlaraffenland leben mit den gebratenen Tauben und geräucherten Schweinen, die ums Haus laufen und nur noch aufgefressen werden wollen. Das Leben als Märchen, das wäre letztlich nichts, wofür es sich zu arbeiten lohnen würde, denn wenn alles zu einfach ist, dann wird der Eigenleistung auch zu wenig Wert beigemessen. Du kennst das ja selber, erst wenn du für etwas eine Menge Schweiß vergossen hast, dann kannst du es richtig wertschätzen. Oder stimmt das etwa nicht?«

Der andere Mann nickte und wischte sich über die Augen.

»Meist ist das Leben ja ausgeglichen mit dem Geben und dem Nehmen, aber du hast schon recht, das ist wie mit dem Boden. Wenn du dir Mühe gibst und auf die Natur achtest, dann gibt dir der Boden auch das, was du möchtest, was du gepflanzt hast und begossen und Unkraut gehackt und das Ungeziefer verjagt oder ausgetilgt hast, du fluchst und schimpfst auf Wind und Wetter und wischt dir den Schweiß von der Stirn und der Rücken will auch nicht mehr so und dann, wenn es ans ernten geht, dann bist du froh und dankbar, dass dir die Natur wieder einmal geholfen hat und du merkst, dass du deine Zeit sinnvoll genutzt hast. Aber warum bist du heute gekommen, wolltest du mir etwas bringen oder möchtest du etwas abholen?«

»Ich möchte von dir gern ein paar Hähne kaufen, von den weißen.«

»Aha. Die Hähne der Nacht also. Und wie viel brauchst du davon?«

»Ich brauche heute nur zwei.«

»Nur zwei? Soweit ich es weiß, sind für gewisse Zeremonien aber sieben Hähne erforderlich, oder zumindest drei, wenn es um Hochzeiten und Kinderwünsche geht, oder nicht?«

»Da magst du recht haben, aber ich möchte etwas ganz Spezielles beschwören. Und weil es eben um zwei Menschen geht und eine besondere Konstellation der beiden, da brauche ich eben auch zwei Hähne. Wenn möglich sollten sie noch ziemlich jung sein und unerfahren.«

Der Mann im Overall kratzte sich den Kopf und schaute zu beiden hin, dann grinste er und verzog sein Gesicht, es kam Koko vor, als habe er plötzlich ein ganz schiefes Antlitz mit brennenden Augen.

»Also gut, ich habe da für dich genau das Richtige. Du wirst zufrieden sein, kommt mit, ihr beiden.«

Und dann führte er sie durch hohes Gestrüpp zu einer kleiner windschiefen Hütte am Steilufer, die völlig verrammelt aussah. Der Mann öffnete die knarrende Holztür und ging hinein, kam dann mit zwei schlafenden weißen Hähnen in der linke Hand wieder heraus und hielt diese in die Sonne.

»Da sind sie. Wirkliche Prachtexemplare.«

Jacob holte aus seiner unergründlichen Hosentasche einen roten Faden, nicht dicker als ein Streichholz, und band damit die Füße der Vögel zusammen. Dann übergab er die Tiere Koko, der sie vorsichtig in Empfang nahm. Jacob verbeugte sich vor dem Stall, reichte dem Mann im Overall seine rechte Hand und mit einem Grinsen sagte er, dass sie nun gehen müssten, aber in ein paar Tagen käme er wieder und könnte dann seine Schuld bezahlen.

Koko hatte ihn richtig verstanden, er redete nicht von Schulden, sondern von Schuld. Offenkundig handelte es sich hier um eine Art Geschäft, die über das übliche: Ware gegen Geld, weit hinausging. Koko trottete nachdenklich hinter Jacob her und sie stiegen in Kokos Wagen; Jacob nahm die beiden immer noch schlafenden Hähne auf seinen Schoß und Koko fuhr mit ihm zurück zu Jacobs Behausung.

Dort angekommen schlurfte Jacob mit den beiden Hähnen der Nacht in seiner Linken hinter die Hütte, bog einen kleinen Akazienbusch beiseite und führte Koko zu einem mit schwarzem Sand ausgelegten runden Platz, der unter hohen Palmen und umsäumt von dichtem Bambus ganz uneinsichtig war. Dort band der Alte die beiden Tiere mit den Füßen fest an einen Pflock, der am Rande der Lichtung rauchgeschwärzt aus der Erde ragte. Dann deutet er auf einen Fleck neben einem rot blühenden Hibiskus.

»Setz dich und bleib still, an diesem heiligen Ort, was auch immer geschieht, halte deine Zunge im Zaum. Sonst kann ich für nichts garantieren. Und der Zorn der Götter ist meist recht heftig!«

Jacob schlurfte wieder weg. Koko setzte sich und schaute auf die wie leblos liegenden Hähne, dann sah er in die Runde, aber außer den üppigen Pflanzen regte sich nichts. Über der kreisrunden Stelle, dem »Ort«, wie Jacob es genannt hatte, sah Koko ein Stück blauen Himmels.

Dann kam Jacob wieder. Er trug jetzt nur einen roten Lendenschurz und eine aus Maiswurzeln und Buschgras gefertigten Kopfschmuck, der so hoch war wie Kokos Unterarm lang, außerdem hatte er sich das Gesicht mit schwarzer Farbe bemalt, Kreise und Striche. In seinen Händen trug er eine Literflasche und eine lange Machete. Er hockte sich mitten auf die Lichtung und plötzlich, Koko wusste nicht, wie es geschehen war, brannte da ein Feuer, ein kleines zwar, aber es war ein Feuer, trockene Äste und grüne Palmblätter loderten und zischten, ein dichter Rauch stieg auf. Jacob saß reglos davor, so reglos wie die beiden Hähne an ihrem Pflock. Auf einmal verfinsterte sich der Himmel. Koko schaute nach oben und sah dicke schwarze Wolken, die sich stetig verfinsterten und endlich zucken Blitze aus ihnen hervor und erste Tropfen fielen auf Koko herab. Dann regnete es, es schüttete geradezu, innerhalb von Sekunden war Koko pitschnass. Er schaute zu Jacob, der reglos am Feuer hockte und es sah für Koko so aus, als hätte das Nass aus der schwarzen Wolke den Platz, auf dem Jacob am Feuer saß, ausgespart, denn das kleine Feuer brannte ruhig weiter als sei nichts geschehen und Jacob sah auch ganz trocken aus, da glitzerte auch kein Tropfen am Kopfschmuck. Koko rieb sich die Augen. Es war Zauberei, aber sicher! Er hatte ja zum Voodoo gehen wollen und nun sah er etwas von dem Unerklärlichen, von dem im Bucaneers Club nur ganz spät und nur im Flüsterton geredet wurde.

Der alte Voodoopriester nahm einen kräftigen Schluck aus der Flasche und spuckte etwas davon in das Feuer, das kurz und heftig aufflammte und eine blaue Dunstwolke aufsteigen ließ. Dann summte der alte Jacob etwas vor sich hin, wurde lauter und lauter und Koko schien es so, als würden die hohen Bambusstauden vom Gesang des Voodoopriesters beben und schwingen und ebenfalls Töne erzeugen, so dass die gesamte Lichtung zu schwingen schien in klaren hellen und dumpfen Tönen, die immer wieder anschwollen und abebbten, wie ein Rhythmus der Wellen, wie das Meer gegen die Felsen am Haipoint schlug, wie das Brausen eines beginnenden Hurrikans, wie der Sturzflug eines Sturmvogels auf seine Beute im Wasser.

Koko fröstelte es. Er war völlig durchnässt. Jacob saß trocken auf seinem Platz am Feuer und ließ seinen nackten Oberkörper langsam kreisen, er sang dazu, die Bambusstangen ringsum wiegten sich und sangen ebenfalls, über der Lichtung war der Himmel schwarz, es war wie ein Deckel auf einem Kochtopf. Jacob nahm einen der weißen Hähne und schüttelte ihn, bis er sich regte und mit den Flügeln schlug, dann biss Jacob ihm den Kopf ab und spie diesen in das Feuer. Helle hohe Flammen brannten auf in den Himmel und fielen wieder in sich zusammen. Der Voodoopriester murmelte und stimmte eine andere Art von Gesang an, tiefer und schneller im Rhythmus, die hohen Bambushölzer nahmen den Rhythmus auf und fast im Stakkato fegten jetzt die Töne über die Lichtung. Der Voodoomann riss dem nun toten Hahn der Nacht beide Flügel aus und warf diese in das Feuer. es zischte, dann ein dumpfer Knall, plötzlich flogen die angesengten Flügel hoch über die Lichtung in den Himmel und wurden von einem starken Wind nordwärts getrieben, sie kamen schnell außer Sichtweite. Das Feuer zischte leise, als Jacob wieder eine mundvoll Flüssigkeit aus der Flasche hineinspuckte. Dann stieg ein grünlich wabernder Rauch über den Flammen auf und breitete sich auf der Lichtung aus, erreichte frierenden Koko und plötzlich fühlte er keine Nässe mehr, fühlte sich im Gegenteil leicht und schwerelos, wurde emporgetragen von dem Rauchschwaden weit über die Bambusgräser, über die Palmen, über die Lichtung und mit einem kräftigen Windstoß fühlte er sich weggeblasen nach Norden, über die ganze Insel hinweg, über das zerbrochene Glas-window hinweg auf den nördlichen Zipfel in die Nähe des kleinen Dorfes, wo Lucille wohnte. Mit einem Ruck wurde er auf einer Rasenfläche abgesetzt und rieb sich erstaunt die Augen. Tatsächlich, er war auf dem Nordteil auf dem Dorfanger von Lucilles Dorf. Und er war vollkommen trocken, auch seine Kleidung. Koko schaute sich um, kein Mensch zu sehen, nur eine Ziege stand angebunden hundert Meter weiter am Rande des Angers und kaute gemächlich. Koko erhob sich, klopfte sich den Staub aus den Kleidern und ging zu dem kleinen Haus aus Bambus und alten Holzkisten, in dem Lucille wohnte.

Auf der Voodoolichtung löschte Jacob das Feuer und wischte mit einem Palmwedel alle Spuren fort. Dann nahm er die Flasche und den anderen Hahn und ging in das Dorf zu seiner Freundin Rosalinde. Heute Abend würde es Grillhähnchen geben.

Der Nachbar

Mitunter kann ich meinem Nachbarn ins Fenster schauen. Wenn dessen Gardine zur Seite gerafft ist, weil die Putzfrau die Fenster putzen möchte oder weil er das Fenster geöffnet hat, um Gerüche loszuwerden oder Frischluft hineinzulassen. In diesen Coronazeiten kenne ich ihn kaum wieder, er trägt einen großen Mundschutz, der nur seine kleinen Augen freilässt, darüber hat er seine Schiebermütze tief in die Stirn geschoben, dazu noch einen dicken mehrmals gewundenen Schal um den Hals. Ich kann ihn sehen und erkenne ihn an seiner Kleidung, am Gang und wenn er die Tür aufschließt, dann weiß ich, er ist es, er muss es sein. Aber so richtig habe ich ihn noch nie gesehen.

Wenn ich frühstücke, ist er schon aus dem Haus, und wenn er zurückkommt, bin ich meist nicht da, um ihn zu beobachten. Es ist schon seltsam. Wir wohnen seit ein paar Jahren in gegenüberliegenden Wohnungen, aber so von Angesicht zu Angesicht habe ich ihn noch nie gesehen. Ich weiß nicht, ob er eine Glatze hat oder einen Bart trägt, ob er in einer Behörde arbeitet oder Frührentner ist, aber ich gehe davon aus, dass er regelmäßig arbeiten geht. Vielleicht hat er auch im Lotto gewonnen und sich die Wohnung als Eigentum kaufen können vom Gewinn, oder seine Erbtante ist verstorben und hat ihm etwas hinterlassen, so dass er sich diese Eigentumswohnung endlich leisten konnte; er muss nun nicht mehr zur

Miete wohnen. Er lebt sicher allein, ich habe noch nie eine Frau hineingehen sehen zu ihm. Oder heraus. Und mir fällt gerade ein, auch andere Leute sind dort noch nie gewesen, kein Freundeskreis, der ihn besucht? Keine Sportkameraden, die ihn abholen kommen? Keine Vereinsfreunde, die ihn aufsuchen, um ihn zur Versammlung abzuholen?

Hört er eigentlich Musik? Und wenn ja, welche? Eher Klassik oder was Modernes? Er sieht nicht so aus, als wäre er ein Freund von schlichter Schlagermusik. Er hat so etwas würdevolles, etwas getragenes, wie er sich bewegt, wie er geht, meist geht er zielstrebig, schnelle kurze Schritte, wechselt selten die Straßenseite, achtet nicht auf die Auslagen von Geschäften, bleibt vor keinem Schaufenster stehen, jedenfalls nicht hier in der Straße. Er geht wie zu einem klaren bestimmten Ziel, welches Tempo und Ort vorgibt.

Seine Kleidung ist nie schlampig oder simpel, er trägt zum Beispiel keine Sportschuhe, keine Trainingshosen oder simple T-shirts. Im Sommer habe ich ihn meist mit einer leichten Leinenjacke gesehen, darunter ein einfarbiges Hemd, oft mit Krawatte. Im Herbst und Winter ist ein dunkler Mantel bei ihm Pflicht. Und immer diese Mütze. Er hat mindestens zwei davon, eine hellere für den Sommer und eine dunkle für die kältere Jahreszeit.

Ich weiß auch nicht genau, warum er mich so neugierig auf sich gemacht hat. Eigentlich bedeutet er mir genau so viel oder so wenig wie die anderen Nachbarn ringsum, mit Ausnahme natürlich von Frau Wichmann, die ist aber auch eine gute Bekannte von mir, schon seit Jahren versorgt sie mich mit frischem Gemüse aus ihrem Schrebergarten und wir gehen in die Konzerte des städtischen Orchesters, da besorge ich die Karten, ich kenne ja den Intendanten ganz gut. Aber dieser Nachbar, irgendetwas reizt mich an ihm, ich möchte zu gern wissen, wer er ist und was er ist und wie er ist. Aber ich weiß nicht genau, warum ich das wissen möchte.

Ich gestehe es, an einem Tag habe ich durch den Fensterspalt gelauert, solange, bis der Nachbar das Haus verlassen hatte. Dann ich bin ganz schnell über die Straße hinüber gelaufen und habe auf dem Klingelschild nach seinem Namen gesucht. Ich habe die Namensschilder mit meinem Handy aufgenommen und dann zu Hause versucht, den Namen des Nachbarn zu finden. Davon gab es nur zwei Möglichkeiten, denn die drei anderen Namen waren weiblich, Frauke Reich, Irene Kollmar und Anne Hinrichs. Übrig blieben noch D. Felte und W. Ernst. Ich habe mich für W. Ernst entschieden, denn dieser Mann war für mich so ganz ernst, und ein Vorname mit W wie Wilhelm oder Willi oder Wolfgang schien mir durchaus angemessen zu sein.

Nun wollte ich natürlich noch mehr wissen. Nein, ich halte das nicht für eine Art von Besessenheit, ich denke mir, es ist eher so etwas wie eine Fürsorge für mich, denn schließlich möchte man ja wissen, wer da so in der Nachbarschaft um einen herum lebt, mit wem man so tagtäglich seinen Umgang hat.

Also bin ich diesem Nachbarn dann eines Tages nachgegangen, als er seine Wohnung verließ. Ich folgte ihm so an die hundert Meter hinter ihm. Er ging ziemlich flott, mir schien sein Ziel zunächst klar zu sein, er ging zur Hubbrücke, aber kurz davor war er plötzlich verschwunden. Ich stand da, rechter Hand lag der verlassene Parkplatz mit einem kleinen blauen Auto, dahinter der Kanal mit seinen graugrünen Wellen, vor mir die Hubbrücke mit der Ampel und dem laufenden Verkehr, linker Hand die Straße mit den Häusern gegenüber.

Der Nachbar war weg, verschwunden, hatte sich in Nichts aufgelöst.

Aber dann sah ich ihn: er saß in einem Boot, das er wohl unterhalb der Brücke festgemacht hatte, und nun steuerte er gemächlich mit dem Strom den Kanal entlang. Es war eines jener offenen kleinen Boote, die gern am Wochenende von Freizeitkapitänen für Angelfahrten benutzt werden: Am Heck eine Sitzbank, davor das Steuer, in der Mitte unter einem hölzernen Aufbau der Motor und die Batterien, vorn zwei Quersitze für Passagiere. Der Nachbar saß ganz ruhig hinten auf der Heckbank und hatte eine Hand auf das runde Steuer gelegt, der Elektromotor des Bootes surrte leise und nur kleine Wellen zeigten sich am Bug. Boot und Nachbar waren nach kurzer Zeit hinter der nächsten Biegung des Wasserlaufs verschwunden. Kein Wunder, dass er sich so einmummelte, dachte ich noch, auf dem Wasser ist es doch merklich kühler. Ob der bis zur Schleuse fährt? Oder biegt er im Düker nach links ab, oder kontrolliert er seine Aalreusen? Schon wieder gab mir sein Verhalten viele Fragen auf.

Ich konnte mir ein Grinsen nicht verkneifen, als ich meine Gedanken verfolgte, dass ich auf einem Rad den

Kanal entlang fahre, immer gerade außer Sichtweite des Nachbarn im Boot und ihn wie ein Detektiv im Kino verfolge, bis er dann an einer verfallenen Kate aussteigt und sich immer wieder lauernd umschauend einen rostigen Schlüssel in das Schloss steckt und hineingeht, dann dort sein Opfer quält und schließlich die Information aus ihm herauspresst, dann eilt er wieder zum Boot und fährt direkt zu dem alten Baumstumpf, unter dem der Schatz vergraben ist. Das könnte mir so passen. Da sind wieder einmal meine kindlichen Fantasien mit mir durchgegangen. Es war doch wahrscheinlicher, dass er zu einem Bootshafen fährt und sich dort mit Gleichgesinnten trifft, sich zu einer Angelpartie verabredet oder zu einem Wochenende auf See oder so. Obwohl, sein eleganter Anzug und seine Budapester Schuhe, er trug kein Ölzeug oder gar Gummistiefel wie ich es sonst bei Anglern oder anderen Wassersportlern gesehen habe, nein, er war wie immer gekleidet, so wie ich ihn auch sonst in der Stadt gesehen habe. Komisch, nicht wahr?

Ein paar Wochen später habe ich dann in der Zeitung unter den Todesanzeigen eine größere Anzeige vom Rotary Club entdeckt, in der stand, dass ihr langjähriges Mitglied Robert Walter Ernst nach einem Unfall auf dem Kanal verstorben sei, er sei Buchhändler gewesen, verwitwet und hinterlasse zwei erwachsenen Töchter, man würde ihm stets ein ehrenvolles Andenken bewahren und erinnere sich gern an seine humorvollen Darstellungen und Berichte. Spenden könne man zu Gunsten des Kinderhospizes, dem habe die ganze Aufmerksamkeit des Verstobenen gegolten.

Das war es also. Jetzt wusste ich so vieles über diesen Nachbarn. Ich muss sagen, auch ich trauerte um ihn. War doch jetzt ein Teil meines Alltags, dem meine uneingeschränkte Aufmerksamkeit gegolten hatte, verschwunden.

Ein gelber Ball

Es war wie ein Windhauch, ein blitzschneller WUTSCH und dann wieder Ruhe. Ein kleiner gelber Softball hatte ihn nur um Haaresbreite verfehlt. Einige Blätter der Tageszeitung waren ihm vom Gesicht gefallen. Etwas unsicher richtete er sich auf und sah sich um, niemand weit und breit war zu sehen. Er legte sich wieder hin und streckte sich.

Hermann Bartels hatte sich wie so oft nach dem kleinen kalten Mittagessen auf seinen Rasen gelegt und mit der Zeitung sein Gesicht abgedeckt, weil die Sonne so warm und hell strahlte, natürlich auf eine bunte Luftmatratze, denn seine Frau Inge hatte ihm eingeschärft:

»Dass du mir ja nicht einfach so auf der Erde liegst! Immer etwas wirklich Abschirmendes darunter packen, und sei es auch nur ein Handtuch. Du weißt ja, wie empfindlich du bist! Ich habe es satt, immer wieder deine Bronchien zu pflegen und dir heißen Tee zu servieren. Schließlich kannst du in deinem Alter auch mal auf dich selber aufpassen!«

Dann hatte sie sich mit einem kurzen Kuss von Hermann verabschiedet und war in die Kreisstadt zu ihrer Dienststelle gefahren. Hermann hatte geseufzt und dann das Frühstücksgeschirr brav abgewaschen. Er war Lehrer und jetzt hatte er Ferien, aber seine Frau eben nicht, und das ärgerte sie. Mehr als nur ein kleines bisschen. Das ließ sie ihn auch spüren:

»Den ganzen langen Tag liegst du hier nur rum. Das bisschen Rasenmähen und am Dienstag den Müll rausstellen, das kann doch für einen gestandenen Mann nicht genug sein!«

Dabei wusste sie genau, dass er in den Ferien an seinem Hobby arbeitete und über die Geschichte des Landkreises alte Bücher las und in vergilbten staubigen Kirchenwälzern blätterte, er wollte eine Chronologie der Höfe und Erbhöfe des Landkreises erstellen, denn eine solche war in den Wirren und Bombennächten des letzten Krieges vollständig verbrannt. Hermann wollte das alles wieder rekonstruieren und dann sein Werk im Archiv des Kreises hinterlegen. Von Seiten der Gemeinde wurde er tatkräftig unterstützt und auch im Dorfpastor hatte er einen bereitwilligen Helfer, der ihm sogar zum Frauenkloster in Lüneburg und zu dessen Schreibstube die Türen geöffnet hatte.

Nun galt es, alle Funde zu ordnen und dann an die richtigen Stelle in seinem Text zu platzieren. Hermann hatte schon eine ganze Reihe von Din-A-4-Seiten vollgeschrieben, es sollte ein richtiges Buch werden. Sein Großvater hatte immer nach dem Kaffee in seinem Herrenzimmer an der Zigarre genuckelt und gemeint, dass ein richtiger Mann in seinem Leben drei Dinge erledigen müsse: zum Ersten einen Sohn zeugen, zum Zweiten einen Baum pflanzen und zum Dritten ein Buch schreiben.

Nun, das mit dem Sohn zeugen hatte nicht geklappt, Inge konnte keine Kinder bekommen, da war etwas mit ihrer Gebärmutter gewesen, eine Entzündung oder so, er hatte lieber nicht genauer nachgefragt. Alles Medizinische war ihm ein wenig unheimlich, auch bei ihm selbst, daher hatte er sich auch einen meist schweigsamen Hausarzt ausgesucht, der untersuchte ihn regelmäßig und gab ihm dann ein Rezept; und nur selten hörte er von ihm ein :

«Na, ist doch gar nicht so übel, bei ihrem Alter.»

Damit war er zufrieden. Im großen und ganzen fehlte ihm auch nichts, keine Rückenbeschwerden wie viele seiner Kollegen, keine Einschränkungen im Gehen, Laufen oder Sitzen, keine häufigen Kopfschmerzen oder größere Schlafstörungen, auch an Appetit fehlte es ihm nicht. Er war mit seinem gesundheitlichen Zustand ganz zufrieden. Höchstens sein Sexualleben, das könnte etwas lebhafter sein. Aber seit ein paar Jahren hatte Inge nicht mehr die rechte Lust darauf, na ja, das waren wohl die Wechseljahre. Sie hatten sich arrangiert und Hermann konnte sich damit gut zurechtfinden. Ein großer oder gar leidenschaftlicher Liebhaber war er ja noch nie gewesen, auch nicht in der nachpubertären Sturm- und Drangzeit. Sicher, da hatte es ein paar wilde Nächte gegeben, oder mal ein Wochenende mit einer gänzlich wildfremden Studentin an der See, sie hatte lange schwarze Haare gehabt und trug keine Unterwäsche, und dann nachts unter dem abnehmenden Mond im warmen Sand, und am Montag war sie wieder nach Marburg gefahren, hatte ihr Studium fortgesetzt und er hatte nie wieder etwas von ihr gehört.

Etwas störte jetzt seine angenehmen Gedankengänge. Geräusche. Hinten im Garten krächzten seine indischen

Laufenten, sie hatten wohl wieder ein paar Schnecken entdeckt. Er hatte sie auf Anraten von Herrn Hollweg gekauft, sie sollten insgesamt deutlich effektiver sein als all das Chemiezeugs, was in den Gartencentern so angeboten wurde, um Schnecken zu vertreiben.

»Und außerdem,« hatte Herr Hollweg ihm zugeflüstert, »Wenn die Enten sich so richtig vollgefressen haben, im Herbst, dann könnten sie einen guten Braten abgeben.«

Aber das hatte Hermann für sich längst abgehakt, das kam nicht in Betracht. Zum einen konnte Inge nicht gut kochen, und einen krossen Entenbraten, wie ihn Tante Anneliese so gut machen konnte, den bekam sie einfach nicht zustande. Und andererseits waren Hermann seine drei Laufenten schon nach dem ersten Monat so ans Herz gewachsen, er hatte ihnen Namen gegeben und meinte auch, dass sie auf ihre Namen hörten, wenn er sie rief. Nein, er hätte seine Enten niemals schlachten lassen geschweige denn verzehren können. Schon gar nicht mit Genuss. Auch dachte er sich, dass seine Inge die Tiere inzwischen lieb gewonnen hätte, denn in diesem Jahr hatte sie ihre Tomaten und Radieschen ohne jedwede Nagespuren ernten können, es gab also keine Schneckenplage mehr. Die Enten waren ihr Geld wert gewesen, ohne Zweifel.

Hermann richtete sich auf. Die losen Zeitungsblätter suchte er zusammen und ordnete sie wieder in die richtige Reihenfolge, legte dann alles Papier neben die Luftmatratze und schaute sich um. Der Rasen hatte noch etwas Zeit, vielleicht in der nächsten Woche würde er ihn wieder mähen müssen. Und eigentlich hatte er die kleinen Blüten der Gänseblümchen gern.

Schon als Kind war er mit der Dorothee, der Tochter des Apothekers, durch Feld und Wald gelaufen, sie hatten Tannenzapfen gesammelt und auf den Wiesen hatte Dorothee ihm einen Kranz aus Gänseblümchen geflochten und aufgesetzt, sie hatte mit ihren Fingernägeln kleine Löcher in die Stiele gemacht und dann eine Blume in der anderen festgesteckt. Sie hatten nebeneinander auf solch einer Wiese gelegen und in den hohen Himmel geschaut, den Wolken Namen gegeben und den Eichelhäher gehört, der die anderen Tiere des Waldes vor ihnen warnen wollte. Einmal waren sie eingeschlafen, und als sie wieder erwachten, da äugte am Waldrand ein Hase zu ihnen herüber. Er war dann blitzschnell weggehoppelt, als sie sich bewegt hatten. Nein, geküsst hatten sie sich nicht, das war ja alles noch vor der Einschulung gewesen. Später hatten sie sich aus den Augen verloren, die Dorothee war nach ihrem Abitur irgendwo in Süddeutschland auf eine Universität gegangen, sie wollte Jura studieren. Und Hermann war dann zum Studium nach Kiel gekommen.

Das war eine ziemlich wilde Zeit gewesen, damals. Die Studentenunruhen, die Schleyer-Entführung, die RAF, überall Kontrolle durch die Polizei, fast zeitgleich begann auf dem Unicampus der Rauch nach Haschisch zu riechen, Cannabisplantagen blühten in den Kellern der WGs, der sich bildenden Wohngemeinschaften, Männer und Frauen lebten ohne Trauschein zusammen in besetzten Häusern, Farbbeutel zerplatzten in Vorlesungen auf

Pulten und Professoren, es wurde gestreikt, gekifft, geküsst, zumindest im Sommersemester war nackte Liebe und laute Rockmusik überall an der Förde das bestimmende Bild. Die Kieler Woche wurde umfunktioniert zu einer gigantischen Love-parade. Breite Verkehrswege waren durch untergehakte Studentengruppen blockiert, die Letkajenka tanzten und sangen, tagsüber und nachts auch dröhnten Megaphone von Polizei und ASTA, dem Allgemeinen Studenten Ausschuss.

Unter den Talaren der Muff von tausend Jahren, so zogen mit Fackeln und einer kleinen Kapelle –die vor allem aus Mitgliedern von Schützenvereinskapellen umliegender Ortschaften bestand, denn die hatten Trommeln, Trompeten und Fanfaren! – immer wieder Gruppen von Studenten und ihren Helfern durch die Kleinstadt und wollten die Republik verändern. Später kam es dann zu verstärktem Polizeieinsatz und sogar zu Schüssen, nicht nur in Berlin auf Benno Ohnesorg oder Rudi Dutschke, auch in Kiel musste ein Medizinstudent sterben, ausgerechnet der Sohn eines Kieler Professors, der in erster Reihe mitmarschiert war, mitdemonstriert hatte.

Hermann wunderte sich, warum ihm das wohl jetzt wieder eingefallen war. So ein Hirn ist doch ein wunderlich Ding, was es da alles an Verborgenem in sich birgt.

Er schaute sich weiter um und sah einen gelben Ball, einen gelben Softball. Damit hatten doch wieder ein paar von den Dorfkindern auf der Straße gespielt, es war ja streng verboten, aber da hier so selten ein Auto längs kam, gab es kaum jemanden von den Erwachsenen, der den Kindern das Spielen dort untersagte, schließlich hatten die meisten auch im Laufe ihres Heranwachsens dort allerlei Unfug gemacht: die damals noch häufig vorhandenen Kühe ließen ihre Fladen ja auch auf den Asphalt fallen, und wenn diese dann getrocknet waren, eigneten sie sich hervorragend als Wurfgeschosse in die Gesichter und auf die Köpfe der anderen; da gab immer wieder Anlass zu Raufereien, und so im Alter, wenn die Konfirmation näher kam und die Mädchen schon, wie man so sagt, am Aufblühen waren, dann wollten sich die Jungen ganz besonders hervortun und es kam öfter als sonst zu Prügelszenen mit blutigen Nasen. Damals gab es noch nicht so viele Kraftwagen, die meisten Bauern fuhren noch mit Leiterwagen, vor denen ein oder zwei Pferde gespannt waren. Heutzutage war der Verkehr auch nicht sehr groß. Nur zur Erntezeit drei Trecker mit vollbeladenen Anhängern, oder wenn einer der Bauern seinen Mähdrescher aufs Feld fahren musste, aber die landwirtschaftlichen Fahrzeuge waren alle schon von weitem zu hören. Nur der gelbe Postwagen, der hatte Elektroantrieb, den hörte man fast gar nicht. Dadurch hatte es schon ein paar Unfälle gegeben. Denn diese Wagen waren ziemlich schnell und die Linkskurve am Döhlberg war ziemlich eng, da konnte man als Fahrradfahrer schon mal in Bedrängnis kommen, und das war auch geschehen; der Radfahrer kam von oben mit ordentlich Tempo auf den Reifen und von unten kam das Postauto ganz leise, und wie sich später herausstellte, hatte Fidi Hansen auf dem alten Fahrrad auch mehr als zwei Promille im Blut gehabt und lauthals vor sich hingegrölt, als er frontal mit der gelben Post zusammengestoßen war. Dann lag er fast zwei Wochen im Krankenhaus und terrorisierte die Schwestern, weil sie ihm keinen Alkohol gestatten konnten.. Das Postauto hatte nur ein paar Beulen im Blech und war nach einem kurzen Werkstattaufenthalt wieder voll im Dienst.

Hermann schlenderte langsam zu dem kleinen gelben Ball, der von Rhododendronbüschen aufgehalten worden war. Er hob ihn auf und drückte ihn. So ein Softball war doch ziemlich fest, nicht ganz so soft wie er gedacht hatte. Und diese Farbe, quietschgelb, dachte er. Wie ein Zitronenfalter, eine reife Zitrone.

Die ersten reifen Zitronen hatte er an den Bäumen in Sizilien wachsen sehen, eine richtige Zitronenplantage gab es da in dem kleinen Ort Cefalu am Mittelmeer. Sie hatten dort ihren Urlaub verbracht; die Touristenorte auf Sizilien waren nichts für sie, sie waren durchgefahren und hatten die Verkaufsstände mit Souvenirs und landesüblichen Spezialitäten, vor allem Spirituosen und Landweinen, umlagert gesehen, Dutzende von gefüllten Reisebussen waren auf der Serpentinenstraße vor und hinter ihnen gefahren. Hermann war froh gewesen, dass ihm die nette Dame im Reisebüro das Fischerdorf Cefalu empfohlen hatte. Es war nicht sehr überlaufen, da dort meist nur Italiener selbst Urlaub machten. Denn es gab keinen eigentlichen Strand, eher steile Felsen und schwarze Kiesel am Gestade und natürlich einen Hafen, aber keinen für Segelyachten oder Ausflugsdampfer, nur für Fischerboote und Frachtschiffe. Also ein kleiner Ort auf der Insel wie für sie gemacht, ohne großes Tamtam oder Schickimicki. In den Restaurants auch kein

Schnickschnack, sondern schmackhaftes einheimisches Essen, viel Fisch oder Tintenfisch, Pizza und köstliche Eintöpfe, Inge war ganz begeistert. Sie hatten eine Zeitlang nach ihrer Rückkehr nur noch mit Olivenöl gekocht und waren des öfteren auch zum Italiener in die Stadt zum Mittagessen gegangen, aber es war doch nicht so wie auf Sizilien gewesen, und so hatten sie langsam wieder zur gewohnten deutschen Kost zurückgefunden.

Hermann warf den Ball spielerisch ein paar Mal in die Luft und fing ihn wieder auf. Es war auf den Straßen, den Wegen und in den umliegenden Gärten und Feldern kein Kind zu sehen.

Die werden sich wohl gut versteckt haben, oder sie sind schon wieder zum verbotenen Fernsehen bei Oma Meier in die gute Stube geschlüpft. Oma Meier war fast taub und sie schlief mittags gern bis zum Abend und dann beklagte sie sich bei Liesel, dass keiner sie zum Kaffee geweckt habe. Dort in der guten Stube stand das Fernsehgerät, das Liesel ihr zu Weihnachten angeschafft hatte, damit sie auch am Weltgeschehen teilhaben konnte. Aber Oma Meier sah nur selten auf den Bildschirm, er war ihr irgendwie unheimlich, und:

»Das allermeiste sind doch nur Gesichter von Leuten, die sich über politische Dinge unterhalten und streiten. Und davon will ich nichts mehr hören! Die Politik hat uns dahin gebracht, wo wir heute sind.«

Und dann jammerte sie über den Tod ihres Mannes, der im Krieg gefallen war. Das kannten sie alle im Dorf. Zum Erntedankfest gingen viele noch einmal in Oma Meiers gute Stube und brachten ihre besonderen Gaben, selbst eingewecktes Rehragout, handgemachte Leberwurst oder ,was Oma Meier besonders schätzte, einen selbstgebrannten »Geist«. Birne oder Pflaume, von den Früchten auf den Streuwiesen längs der gewundenen Allee zum Döhlsberg aufgelesen. Ja, die gute Stube, das war ein Relikt aus früheren Zeiten, als noch einer der Erbhöfe über das Dorf bestimmt hatte und einmal oder zweimal im Jahr der Gutsverwalter zu den Häuslern und Dörflern kam und dort Pachtzinsen oder andere wichtige Dinge mit ihnen zu bereden hatte, da ging es stets in die »Gute Stube« oder »die kalte Pracht«, denn diese Zimmer wurden nur bei besonderen Anlässen beheizt.

Und dorthin flüchteten heutzutage die Schulkinder, denn die gute Stube stand immer offen, man konnte ja nie wissen, und Liesel machte dort auch alle drei, vier Wochen sauber, saugte Staub und goss den Gummibaum in der Ecke. An den Wochentagen schaute kein Mensch dort hinein, für die Kinder also eine gute Gelegenheit, sich die Fernsehprogramme anzusehen, die ihre Eltern verboten hatten, besonders die Shows auf den Privatsendern oder die Krimis am Nachmittag. Dann saßen sie davor und knabberten Erdnüsse oder süße dunkle Schokoladenküsse und genossen den Reiz des Verbotenen und waren immer auf der Lauer, ob da eine Tür quietschte oder sich schwere Schritte näherten.

Hermann grinste. Er selbst war ohne Fernsehen aufgewachsen, seine Eltern hatten sich erst Mitte der achtziger einen solchen Bildschirm angeschafft, damals noch in schwarzweiß. Und seine Mutter hatte sich immer wieder gewundert, wie möglich war, direkt aus Amerika ein Bild zu sehen oder gar von einem Schiff aus.

»Weißt du, das ist wie telefonieren, aber eben mit einem Bild«, versuchte ihr der Vater zu erklären.

Auch Inges Mutter hatte lange Zeit das mit dem Telefon nicht verstanden, es war ihr immer unheimlich gewesen. Er erinnerte sich noch, wie sehr sie sich erschrocken hatte, als das Krankenhaus sich gemeldet hatte, damals, als Inges Vater dort verstorben war. Seitdem war das Telefon für sie ein »Deubelszeug« gewesen und sie hat nie wieder den Hörer angefasst:

»Daraus kommt doch nur alles Schlechte, da lasst ihr am besten die Finger von!« hatte sie gemeint und den eigenen Apparat abgemeldet.

Hermann dachte nicht mehr soft an seine Schwiegermutter, aber wenn, dann meist mit großer Bewunderung. Wie die alles gemeistert hatte, das Aufziehen der Kinder, den Hof ordentlich zu führen und immer in der schwarzen Tracht der Witwe, es war eben so üblich, damals. Heute, wenn er an Frau Göhrkens dachte, deren Mann war vor dreieinhalb Jahren bei einem Autounfall ums Leben gekommen, heute trug sie auch wie alle anderen ihre Röcke bis zum Knie und bunte fröhliche Blusen und fuhr nach Lanzarote oder zum schwarzen Meer. Man munkelte sogar, dass sie mit dem Erntehelfer aus Rumänien etwas hatte. Der kam schon seit drei Jahren im März und blieb bis September. Zwar schlief er unten neben der Küche in der alten Kammer der Köchin, aber was des Nachts auf dem Hof und im Haus so geschah, das wusste keiner so genau.

Hermann schaute den gelben Ball an. Plötzlich kam ihm eine Idee: Er würde aus dem Ball ein Modell fertigen, das Modell des Coronavirus, für seine Klasse. Dann könnte er ganz anschaulich den Kindern etwas vermitteln. Denn er glaubte fest daran, dass bald auch ein Impfstoff für die Schulkinder und vielleicht sogar für die wesentlich Kleineren im Kindergarten gefunden werden würde, und dann könnte er seinen Klassen schon sehr viel über ein solches Virus deutlicher erzählen. Denn die üblichen Impfungen gegen Röteln und Masern hatten sie ja schon bekommen. Und Inge konnte er dann am Abend erzählen, dass er diesen Tag etwas Sinnvolles geleistet habe, etwas für seinen Beruf, er habe eben nicht nur faul herumgelegen. Froh gelaunt schritt er energisch ins Haus.

Neugier

Die Haustür dröhnte ins Schloss. Opa Bartels blickte überrascht von seinem Buch auf und lauschte. Da, ein dumpfer Fall, das war die Schultasche. Dann polterten harte Schritte die Treppe hoch in den ersten Stock. Die Zimmertür flog auf, dass die Türangeln ächzten und seine Enkelin Birgit stampfte in den Raum. Sie hatte hektische rote Flecken im Gesicht, die Fäuste geballt und schrie immer wieder:

»Das ist so gemein! Ihr seid alle doof! Ich ertrag das nicht länger! Ihr werdet schon sehen! Es ist alle zum Kotzen. Echt ätzend sei ihr alle!«

Sie lief im Zimmer umher und hob und senkte die Arme immer wieder, als ob sie einen imaginären Feind erschlagen wollte. Die Stimme überschlug sich mitunter, das dunkelblonde Haar fiel ihr immer wieder ins Gesicht. Opa Bartels schob vorsichtig die Postkarte, die ihm als Lesezeichen diente, in das Buch und legte es auf den Tisch. Er sagte gar nichts. Er wusste ja, dass Birgit erst einmal Dampf ablassen musste. Sie schrie ihre Wut heraus und brach dann demonstrativ mitten auf dem Teppich zusammen, ließ sich fallen und hieb mit den Fäusten auf den Boden. Dann schluchzte sie nur noch.

Opa Bartels wartete geduldig, bis Birgit nach einer ganzen Weile ruhiger atmete und ihn ansehen konnte.

»Na, mien Deern, was ist denn wieder mal so schlimm?«

Birgit schluchzte auf:

»Die haben uns wieder mal die Schule gestrichen. Dieses blöde Corona! Das ist jetzt schon das vierte Mal, dass ich nicht hindarf. Die haben gesagt, jetzt erst mal Pause und nur Homeoffice, also hier zu hause am Computer, da werden wir die Aufgaben bekommen. Ich soll nicht aus dem Haus gehen und keine Leute treffen und man darf nur noch zum Einkaufen und zur Apotheke gehen. Oder zum Arzt, wenn es nötig ist. Ich bin ja so verzweifelt!«

»Aber warum denn, Birgit, früher, wenn ich mich recht erinnere, da warst du doch froh, wenn es außerhalb der Ferien noch freie Schultage gab. Da hast du dann gejubelt, dass du zu hause bleiben durftest.«

»Das war früher ja auch so. Aber dies ist ja wie Gefängnis. Da muss man. Das heißt, wir alle müssen. Früher, wenn es da mal einen freien Tag gab, wegen Hitzefrei oder weil die in der Dreizehn ihr Abi machten und Ruhe in der Schule brauchten, das war doch völlig anders. Da konnte ich dann mit den anderen zum Fluss gehen und schwimmen oder Eis essen oder zum Shoppen in die Stadt. Aber jetzt ist das alles anders. Wir sollen einander nicht sehen, wir könnten uns ja anstecken. Dieses Scheißvirus!«

Opa Bartels ließ nicht locker. Er merkte, dass da noch etwas anderes war und er fragte das sich langsam beruhigende Mädchen, das sich die Wuttränen aus den Augen wischte:

»Sag mal, und du darfst wirklich keinen sehen?«

»Nein, niemanden. Es soll keinen Kontakt geben zwischen uns Schülern!«

»Aber du kannst doch mit deiner Freundin telefonieren, oder ihr macht das mit diesen Emails oder so.«

»Ach Opa, was weißt denn du schon. Das ist doch nicht dasselbe! Und wenn ich mit Mareike so richtig reden möchte, dann müssen wir uns gemütlich in die Kissen fläzen und Salzstangen knabbern und uns auch mal in den Arm nehmen zum Trösten oder so.«

»Aha. Ich verstehe. Es geht um dieses Sich-mal-in-den-Arm-nehmen, nicht wahr? Wie heißt er denn?«

»Was?«

Birgit lief rot an und strich sich Haare aus dem Gesicht.

»Was meinst du denn damit?«

»Nun ja, ich denke, du weißt es selbst am besten, wen du in den Arm nehmen möchtest. Und ich denke mir, es wird keine Freundin sein.«

Opa Bartels grinste von Ohr zu Ohr und rief sich vergnügt die Hände. Das war schon was! Seine Birgit war verliebt. Soweit er wusste, zum ersten Mal. Also alles noch ganz frisch. Und sie wusste noch nicht, wie damit umgehen.

»Du bist ja verrückt, Opa. Da gibt es keinen Jungen, den ich in dem Arm nehmen möchte.«

»Aber vielleicht möchte der dich ja mal fest umarmen, oder? Wie fändest du denn das, wenn er die Initiative ergreift und auf dich zukommt?«

»Aber Opa! An so was kannst auch nur du denken!«

»Na na, du vergisst immer wieder, auch ich bin mal einen kleiner Schuljunge gewesen und habe da so meine Erfahrungen gemacht.«

»Oh ja, erzähl mal.«

»Aber warum sollte ich das erzählen, du kennst dich doch in so was nicht aus. Du weißt ja nicht, wie das ist, wenn man verliebt ist und sich so richtig nach dem anderen sehnt.«

Sie schaute ihn fast ungläubig an.

»Du meinst, ich kann das nicht? Ich weiß nicht, worüber du sprichst? Du hältst mich wohl auch für so blöd wie diese dämliche Ilse, die mich nur auslacht, wenn ich mich auf dem Pausenhof verstecke, damit er mich nicht sieht.«

»Er soll dich nicht sehen? Warum denn nicht? Du hast sicher einiges zu bieten. Schau dich nur an.«

»Ach Opa, du verstehst davon rein gar nichts, oder du bist schon viel zu alt für so was.«

Birgit rappelte sich vom Teppich hoch, ging zum Fenster, schaute hinaus in den steten Landregen und setzte sich auf den braunen Stuhl. Opa Bartels rieb sich die Hände und sagte dann, dass er sich durchaus in der Lage fühle, junge Leute zu verstehen, die zaghafte erstes Schritte in ihrem Liebesleben wagen würden.

»Liebesleben! Opa! Was du immer so hast. Ich habe doch kein Liebesleben, nein, noch nicht.«

»Das will ich jedenfalls hoffen. Auf alle Fälle darf deine Mutter davon nichts wissen!«

»Aber Opa! Das ist doch klar. Mutti soll und darf nie davon erfahren!«

»Du weißt doch, ich kann schweigen wie ein Grab. Von mir wird deine Mutti nichts erfahren, Ehrenwort.«

Birgit seufzt auf.

»Na, Birgit, nun sag mal, wie heißt er denn?«

»Er heißt Georg. Er ist im Jahrgang über mir. Aber er ist unheimlich gut im Basketball und er fährt ein so tolles Rennrad, ganz in rot.«

»Und wie sieht er aus?«

»Nun ja, er ist der bestaussehendste Junge auf der Schule. Und er hat einfach ein göttliches Profil. Letzte Woche auf der Friday-for-future Demo, da hat er dann auf dem Podium gestanden und so gut gesprochen, alle haben ihn bewundert und er hat mir zugelächelt! Ja, sein Lächeln, oh ja! Ein Lächeln hat er, wenn er mich anlächelt und dann seine Augen, ach Opa, wenn du ihn doch mal sehen könntest!«

»Und hat ihr schon Pläne gemacht, ich meine für die Zeit nach Corona, zum Beispiel, dass ihr zusammen in die Tanzschule geht oder so.«

»Aber Opa. Pläne machen, das ist doch so was von gestern! Und von wegen Tanzschule. Wozu gibt es denn diese Sendungen mit Anja oder anderen Bloggern, da kann man so herrlich zu Hause vor dem Spiegel üben, wie man sich so richtig bewegen kann. Da gibt es sogar eine ganze Stunde nur für Mädchen extra eine Gymnastik- und Tanzstunde. Ich finde die ganz toll. Auch wenn ich mir das Kostüm, was die dort anpreisen, nicht leisten kann.«

»Aha! Also nur eine Verkaufsschau, aber gut verpackt. Und meinst du denn, dass dieser Georg auch so was mitmachen würde?«

»Opa. Der kann doch so was längst! Wir planen zusammen heutzutage eher Events. Wenn die großen Feiern wieder kommen, und zu Sylvester, da wollen wir gemeinsam feiern, am liebsten bei ihm oder auf dem Boot, wenn es wieder geht. Stell dir vor, ich und Georg, der Himmel voller Feuerwerk und Raketen und ich in seinem Arm und dann küsst er mich und ich ihn und dann …«

»Dann kommt Neujahrsmorgen und ihr werdet einen herrlichen Kater haben.«

»Ach Opa! Du kannst einem aber auch alles vermiesen.«

»Aber wieso denn, was ist denn daran so schlimm?«

»Versteh doch, Kater ist etwas für Große wie unsere Eltern, die trinken oftmals zuviel. Ich hab da schon Geschichten gehört von Ilse und Tanja und auch der Vater von Miriam liegt oft am Sonntag bis Mittag noch im Bett und lallt vor sich hin. Ich werde nie so viel trinken, dass ich nicht mehr weiß, was ich tue.«

»Wart es nur ab. Bei der ersten besten Gelegenheit werden wir es ja sehen.«

»Gelegenheit!«

Bei Birgit rollten wieder Tränen die Wangen hinunter.

»Ich werde nun keine Gelegenheit haben, Georg zu sehen. Nur wegen dieser doofen Viren!«

»Lass gut sein, mien Deern, das trifft uns doch alle. Auch wir älteren sind von diesen Restriktionen betroffen. Wir dürfen uns auch nicht mit unseren Freunden treffen oder gemeinsam essen gehen, und dabei haben wir es noch gut, wir haben kein Geschäft oder Restaurant oder Firma, die jetzt vielleicht in die Pleite gehen könnte. Zum Glück in diesen Pandemiezeiten haben wir alle keinen

Beruf, der mit Publikumsverkehr zu tun hat. Wenn wir gut aufpassen, dann werden wir gesund durch diese Virustage kommen.«

»Das sagen alle! Ich meine, viele Erwachsene reden so. Dabei sind die doch schuld an dieser Krise.«

»Wie meinst du das denn?«

»Na, wer hat denn diese Viren hergebracht? Das waren doch die Großen, die Erwachsenen, die so Allmächtigen und Allwissenden, oder?«

Birgit setzte sich regelrecht in Positur und fuhr fort:

»Wenn ich es recht bedenke, dann ergibt sich doch folgendes Bild ganz klar: Da haben in China ein paar Leute auf dem Markt solche Fledermäuse gekauft und gegessen, und davon haben sie dann Covit 19 bekommen. Richtig? Und ohne es zu wissen, haben sie es dann verbreitet, und über Touristen und Geschäftsleute mit dem Flieger hat sich das Virus dann sehr schnell über die ganze Welt verbreitet, so war es doch, oder?«

»Aber sicher, warum fragst du?«

»Weil ich glaube, das ist eben typisch für uns Menschen. Denk doch nur an deine früheren Zeiten, da haben ein paar Afrikaner eben Affen geschossen und gegessen und dann kam dadurch das AIDS nach Afrika, von dort aus ging es dann ganz schnell in die ganze Welt. Jetzt Corona, früher AIDS, und wenn du noch weiter zurückdenkst, dann kommt die Pest aus dem Mittelalter, und wenn die Bibel recht hat, dann war es doch auch Eva, die von einer Schlange verführt den

Apfel abgepflückt hat und sie hat ihn Adam angeboten und der hat hineingebissen. Damit war die Schuldfrage aufgeworfen, und wir alle haben seitdem zu leiden, immer wieder. Nur wegen der Gier des Menschen. Das ist vielleicht der ursprünglichste Trieb im Menschen, die Gier.«

»Du meinst also, nur die Gier nach Essbarem hat schuld an unserer Misere?«

»Aber natürlich! Denk doch nur an all die kleinen Jungen und Mädchen, bis hin zum Kindergarten nehmen die doch alles, was sie finden und fassen können, erst mal in den Mund. Gierig eben.«

»Nein, das ist höchstens wissbegierig. Oder allenfalls neugierig.«

»Aber siehst du denn nicht, in Neugier steckt ja auch die Gier drin. Die Gier auf etwas Neues. Und das geht bis heute so. Ständig muss es neu sein, von den Schuhen und den Kleidern bis zur Musik.«

»Aber da siehst du doch auch, dass daran fast immer die Frauen schuld sind. Wer braucht denn neue Röcke oder Blusen oder Kleider? Wer sitzt stundenlang in den Schuhläden herum und probiert ein Modell nach dem anderen aus? Wer geht denn in diese Kosmetikläden und benötigt ständig neue Produkte, die das Gesicht angeblich verschönern sollen oder neue Parfums, die den Eigengeruch übertünchen müssen?«

»Halt Stopp! Und wer macht das alles? Das sind doch alles Männer, gerade in der Modebranche, Dior, Givenchy, Kevin Klein, Lagerfeld, alles Männer!«

»Und was ist mit Coco Chanel oder Mary Quandt, eh?

Die haben ganze Epochen geprägt mit ihrem Stil und ihren Modellen.«

»Aber du hast vom Essen geredet, alles in den Mund nehmen und so; und die Beispiele von Fledermaus bis Affe zeigen es doch nur zu deutlich: wir sind eben alle oral fixiert, so nennt man das wohl. Und die großen Köche sind alles Männer: Paul Bocuse, Brilliant-Savarin, Oliver James oder Rainer Sass, also sind die Männer schuld, dass es immer etwas neues gibt.«

»Und wer, meinst du, hat all die Jahrhunderte gekocht? Das waren doch die Frauen, allüberall auf der Welt, ob in Jamaica oder im Ural, ob in den Jurten der Mongolen oder den Palmhütten der Ägypter, ob in den Holzhäusern in Schweden oder in den Burgen in England, es waren immer die Frauen, die für das Essen gesorgt haben. Die neue Rezepte ausprobierten. Nur hatten sie nicht diesen Hang zur Großmannssucht wie die Männer, sie waren bescheiden im Hintergrund, deshalb sind eben die männlichen Köche bekannter und berühmter, obwohl sie letztlich viel weniger gekocht und erfunden haben als die fleißigen Frauen!«

»Also noch mal, Birgit, damit ich es auch richtig verstehe. Du meinst also, dass die Menschheit von Anfang an über die Nahrungsaufnahme sowohl das Positive erlebt hat, neue Rezepte und neue Geschmäcker, aber dass dadurch eben auch das Übel in die Welt gekommen ist, weil der Mensch alles und jedes für sich als Nahrungsmittel betrachtet hat.«

»Ja, genau so ist es. Der Mensch isst alles. Und was er nicht kennt, das muss er erst einmal probieren. Mitunter passt es nicht, bei Fliegenpilzen zum Beispiel. Oder es schmeckt ihm nicht, wie Präriegras, oder er verfeinert es und verändert alles so, bis es ihm behagt. Denk nur an die Molekularküche, da sind die Köche erst zufrieden, wenn das, was fest ist, flüssig serviert werden kann und das Flüssige muss fest werden. Das ist das neu und wird mit Oh! und Ah! begeistert von den Kritikern und besonders den Medien aufgenommen und der wartenden Menge von Essern als unumgängliche Zukunft präsentiert.«

»Also hängt alles von unserer Nahrungsaufnahme ab, was auch immer die Philosophen sagen durch all die Jahrhunderte, der alte Witz, dass wir nur das sind, was wir essen: Du bist was du isst! Der stimmt also. Und das wird wohl auch so bleiben.«

»Für dein Alter bist du schon ganz schön weise.«

»Das machen die Ideen von Fridays-for-Future, da lernt man denken und argumentieren, und nicht zuletzt: die haben recht!«

»Ja. Da stimme ich dir zu. Was die sagen und fordern, das ist völlig in Ordnung. Das kann ich nur unterstützen, auch wenn ich schon so alt bin.«

»Ach Opa. Du bist so klug. Ich liebe dich.«

Birgit umarmte Opa Bartels und der drückte sie ganz fest.

»Auch in diesen Coronazeiten wollen wir uns unsere Rituale nicht nehmen lassen, solange wir gesund sind.«

Treffen aber wo?

Unruhig lief Rolf in seiner Einzimmerwohnung hin und her und schaute in das trübe Wetter. Es nieselte schon seit Tagen. Wie sollte er es nur anfangen? Wollte er es überhaupt, und wenn ja, was wollte er denn eigentlich? War sie für ihn denn wirklich die Richtige? Und nicht zum ersten Male in diesen Wochen stand er vor der Frage: Wohin nur?

Als er am Morgen vom Bäcker gekommen war mit der Brötchentüte unterm Arm, da hatte ein Taxi vor dem Altbau gehalten, in dem er wohnte. Auf dem Bürgersteig hatten sich Koffer, Tüten und Kästen aufgetürmt, in der Haustür stand eine junge Frau; in einer Hand hielt sie einen roten Regenschirm, mit der Schulter drückte sie gegen die offene Tür, in der anderen Hand hielt sie einen offenkundig schweren Koffer. Unter ihrem Mund-Nasen-Schutz aus einem Blümchenstoff schaute sie etwas hilflos drein, so dass Rolf fragte, ob er helfen könne.

»Ja,« sie sprach mit großer Erleichterung in der Stimme, »Ich bin hier die neue Mieterin und das sind meine Sachen.« Eher hilflos zeigte sie auf das ganze Gepäck

»Kein Problem, ich wohne ja auch in diesem Haus.«

Rolf hatte sich gleich den schweren Koffer gegriffen und einen blauen Beutel, in dem es metallen klimperte.

»Ich habe eine Wohnung im zweiten Stock.« Sagte die junge Frau.

»Ich weiß, es war auch sonst nichts hier frei im Haus.«

Hatte Rolf gesagt und unter seiner Maske gegrinst. »Ich freue mich, einer neuen Mitbewohnerin helfen zu können.«

Er hatte ihr also geholfen, all ihren Besitz in die neue Wohnung zu bringen.

Dort hatte sie erleichtert die Maske gelüftet und ihn mit einem reizenden Lächeln angeschaut.

»Ich bin Kiki. Ich freue mich sehr, dass hier ein so netter Mensch lebt.«

»Ich bin Rolf.« hatte er gesagt und sie hatten sich die Hand gegeben. Dann hatte die junge Frau ihren Mantel auf den etwas schäbigen Sessel geworfen und war mit schnellen Schritten durch die teilmöblierte Wohnung gegangen, hatte den eingebauten Kleiderschrank bewundert und im Bad das warme Wasser im Waschbecken kurz laufen lassen, in der Küche den Backofen aufgeklappt und gelächelt und sich dann wieder an Ralf gewandt und gemeint, dass sie ihn unbedingt einladen müsse, noch heute Abend.

»Ich kenne ja sonst niemanden in dieser Stadt. Ich bin ganz neu hier, ich beginne mein Studium in der nächsten Woche.«

»Was studierst du denn?«

»Ich möchte Volkswirtschaft studieren. Mein Vater meint, das sei eine gute Grundlage, wenn ich mal später auf eigenen Füßen stehen möchte. «

»Ach ja, das trifft sich aber gut.« hatte er gelacht. »Ich bin bei der Sparkasse. Zur Zeit im Homeoffice wegen Corona.«

Sie hatten beide gelächelte und sich für den Abend um sieben verabredet.

Und nun?

Nun tigerte Rolf in seiner Wohnung herum und überlegte, was er wohl mit der Kiki heute Abend machen könnte, wohin vor allem sollten sie gehen? Alle Lokale waren geschlossen, die Restaurants ebenfalls und die Kinos hatten auch coronabedingte Pause bis zunächst zu den Feiertagen.

Also wohin? Theater, Museum, Zoo, Kneipen, Bars, Gourmetgaststätten, Hotelrestaurationen, alles war geschlossen. Und sie hatte so ein nettes Lächeln. Kiki war sicher ein Spitzname, noch aus der Schule, dachte er; aber er passt. Kiki, das klingt so aufregend spitzbübisch, so vorwitzig und für jeden Spaß aufgelegt zu sein. Es klingt nach guter Laune und viel Lachen.

Ob er sie vielleicht mitnehmen könnte zu Bernd? Bernd war sein bester Kumpel, er war sicher in seiner kleinen Wohnung und saß vor seinem Computer bei einem Spiel, wie fast an jedem Tag. Rolf konnte ihn oft nur mit Mühe bewegen, mit ihm hinauszugehen in das wirkliche Leben, wie er es nannte. Bernd war ein echter Nerd, versank immer tiefer in seine virtuelle Welten, wo er sich sehr wohl fühlte, weil, wie er immer nuschelte, wenn er zu viel getrunken hatte, weil da niemand war, der ihn ärgerte, der ihn beleidigte, der etwas von ihm wollte. Er lebte in seinen Welten auf dem Bildschirm und vergaß oft zu schlafen und zu essen. Zuweilen kam es vor, dass er vor dem Computer einschlief vor Erschöpfung, zum Glück war er Nichtraucher, so konnte kein

Zimmerbrand entstehen. Rolf hatte ihn schon gelegentlich aufwecken müssen, weil er bestimmte Verpflichtungen zu erfüllen hatte. Er hatte auch einen Schlüssel zu Bernds Wohnung, für alle Fälle, wie Bernd dankbar gesagt hatte.

Wenn er nun mit der Kiki bei Bernd auftauchen würde, dann …ja was dann …

Hatte Bernd überhaupt etwas zu trinken im Hause? Und hatte er genügend Sitzmöbel? War es wohl aufgeräumt dort, und sauber, oder war seine gesamte Wohnung in punkto Sauberkeit doch sehr vernachlässigt. Und was würde diese Kiki dann wohl von ihm denken, wenn er sie in eine so verdreckte Wohnung führen würde?

Er wollte doch einen guten Eindruck machen, oder nicht? Wollte er denn überhaupt etwas? Etwas von dieser quirligen jungen Frau?

Ralf setzte sich und schaute ins Wetter. Eine junge Frau. Wie lange war es her, dass er ein Treffen mit einer Frau vereinbart hatte? Zwei Jahre, drei? Das letzte Mal war es eine silberhaarige Sekretärin, hochgewachsen mit festen Brüsten, sie bevorzugte enge Kleider, wie hießen sie, ja richtig: Etuikleider wurden sie im Fernsehen auf den Modeschauen genannt. Etuikleider. Ein schöner Name. Wie Brillenetuis. Und wenn man die Brille benutzen wollte, musste man sie aus dem Etui holen. Genau das hatte er bei der Sekretärin auch gemacht, diese aus dem Etui geschält. Es war sehr warm und weich und so betörend gewesen. Es hatte ihm gefallen. Nur dass sie so viel geredet hatte, eigentlich ohne Pause, immerzu, sie hatte zu allem etwas zu sagen, ob Fernsehprogramm, ob Freundeskreis, ob das Besteck im Restaurant oder der Verkehr auf der Straße, nur beim Küssen redete sie nicht. Aber es war trotzdem eine gute Zeit für Ralf gewesen. Er hatte sich ausgeglichen und körperlich attraktiv gefühlt. Warum war es eigentlich nichts geworden mit ihnen, er wusste es nicht mehr genau. Vielleicht hatte sie einen mit mehr Geld getroffen, er erinnerte sich, dass sie sehr viel Wert auf ein großes Bankkonto gelegt hatte und immer wieder ihre Wünsche nach weiten Reisen und teuren Kleidern laut und vernehmlich geäußert hatte. Er hatte dann gelächelt und gemeint, für sie beide täte es auch der Baggersee oder der neue Rolli von H&M. Aber lieb war sie schon und so anschmiegsam; sie schnurrte zuweilen im Schlaf, wenn sie sich an ihn gekuschelt hatte.

Aber es hatte nicht sollen sein. Irgendwann waren die Verabredungen ausgedünnt gewesen und schließlich hatten sie sich aus den Augen verloren; wie er in einer seiner damaligen Stammkneipen hörte, war sie in eine andere Stadt gezogen, man hatte ihr eine attraktivere Stellung angeboten. So war er wieder allein durch die Straßen gewandert und hatte bis auf gelegentliche kurze »Damenbekanntschaften« nannte man das wohl, weitgehend allein nur mit seinen Freunden verkehrt. Ein paar Fachsimpeleien über neue Computertrends, heiße Motoren und politische Merkwürdigkeiten und dann immer wieder der Blick in auf den Bildschirm, wo die täglichen Corona-toten verlesen wurden. Wie hatte Bernd es genant:

»Das ist unser Pestzeitalter. Eigentlich ist es genau so wie im Mittelalter, da haben auch die Leute die Städte dicht gemacht, die Stadttore fest verschlossen, keine Fremden hineingelassen, nur die Toten aus den Häusern geholt und vor der Stadt auf dem Schindanger verbrannt. Die Ärzte haben sich papierne Masken mit ellenlangen Nasen vors Gesicht gebunden, so hatten sie den gebührenden Abstand zu den Kranken. Aber mehr als den Aderlass oder ein paar Kräuterchen und trockene Gewürze zum Verbrennen hatten sie nicht zu bieten. Jedermann saß in seiner Hütte und hoffte, dass die Pest an ihm und seiner Familie vorüberging. Also gerade so wie heute fast. Und wenn dann ein Impfstoff gefunden werden sollte, dann beginnt das Rennen um die Plätze. Und wer Geld hat, der wird als erster geimpft, du wirst schon sehen. Wir werden dann unter ferner liefen abgehandelt, wenn alle anderen längst immun sind gegen diese Viren, dann erst werden wir drankommen. Und wer weiß, vielleicht ist es dann schon zu spät.«

»Sei doch kein solcher Pessimist!« Hatte Ralf gesagt. »Wir werden uns vorsehen so wie bisher und jede Ansammlungen vermeiden. Dann kommen wir schon unbeschadet durch die Zeit.«

»Wie willst du es nur machen, zum Beispiel im Supermarkt, in den engen Gängen, da kannst du doch nicht ausweichen, da steht ihr doch dicht an dicht nebeneinander und ich wette, trotz der Maskenpflicht dort wabern eine Menge dieser Viren in der Luft. Und diese Supermärkte müssen doch mit Frischluft versorgt werden, also haben sie eine Art von Umwälzsystem für die Luft, also werden auch die Viren immer wieder hochgewirbelt und hinein in die Verkaufsräume geworfen. Du kannst dich gar nicht wirksam dagegen schützen, glaub mir!«

»Ist ja gut! Aber dann müssten doch viel mehr Verkäuferinnen an der Krankheit leiden, oder? Und bisher sind wie in den Schulen die Erkrankungen in den Supermärkten nur sehr selten gewesen. Also lass den Unsinn von der Luftverwirbelung und sag lieber, was ich zum Wochenende einkaufen soll.«

So waren sie verblieben, und bisher hatte der oder das Virus noch nicht bei ihnen an die Tür geklopft.

Türklopfen, ob ihre Klingel schon funktionierte?

Nun war die Kiki gekommen. Und sie erwartete ihn um sieben. Was nur sollte er mit ihr machen? Wohin sollt er mit ihr gehen? Ralf blieb am Fenster stehen und schaute ins Wetter. Er stierte geradezu ein Loch in die Welt. Wie sein Blick war auch sein Hirn eingeengt und fokussiert auf den einen Gedanken: Was soll ich nur tun?

Aber Moment mal, was hatte sie noch gesagt, die Kiki?

Sie hatte nichts von weggehen gesagt. Sie hatte nur gesagt, dass sie sich freue, wenn wir beide miteinander den Abend verbringen. Aha! Das war es also. Sie wollte gar nicht mit ihm weggehen. Sie wollte nur mit ihm zusammensein. Weil er ja so ein toller Typ war, oder? Ralf lachte bitter auf. Ein toller Typ! So hatte ihn noch nie eine Frau genannt. Nein, diese Kiki wollte sicher etwas ganz anders von ihm.

Er könnte darauf wetten, wenn er um sieben bei ihr an der Tür klingeln würde, nein, nicht klingeln, die Tür würde einen Spalt offen stehen und dann ginge er einfach hinein, und drinnen würden nur ein paar Kerzen vor sich hin blaken, und die Kiki lag lasziv auf dem durchgesessenen Sofa, sie rekelte sich in einem durchsichtigen Etwas von Morgenrock oder Hauskleid oder wie auch immer man das bezeichnen mochte, sie klapperte mit den Augenlidern und verzog den neu geschminkten roten Mund und zog ein Bein ganz langsam heran, mit der freien Hand winkte sie ihn herbei, und er sollte sich auf das Sofa neben ihr setzen und dann umfasste sie ihn und zog ihn hinab, ja, sie verführte ihn nach allen Regeln der Kunst, bis Ralf schweratmend und völlig verschwitzt neben ihr lag und ihr den Himmel auf Erden versprach, sie dürfe nur nicht aufhören. Und dann würde sie sich mit einem jähen höhnischen Auflachen erheben und den Rest des Morgenmantels um sich ziehen und ihn einfach auslachen und wie einen kleinen Jungen vor die Tür schicken.

Ja, so würde es wohl ablaufen. Aber da hatte sich diese Dame geirrt. Nicht mit ihm!

Mit Riesenschritten lief Ralf aus seiner Wohnung die Treppe hinab und riss Kikis Wohnungstür auf, die nicht abgeschlossen war, die junge Frau stand mitten im Zimmer mit einem kleinen Karton in der Hand und schaute ihn fragend an. Er schrie sie an:

»Das kommt überhaupt nicht in Frage! Suchen Sie sich doch einen anderen Dummen, der ihre dämlichen Liebesspiele mitmacht.!«

Das war ein herrlich befriedigendes Gefühl der Macht. Ja, nun hatte er es ihr aber gegeben. Ralf rannte wieder hinaus, nicht ohne mit Wucht ihre Wohnungstür zuzuschlagen.

Inselkoller

Als die zweimotorige Maschine der Bahamas-Air vom Flugplatz Governors Harbour abhob und ihren Weg über die schimmernde karibische See nach Nassau nahm, schaute Koko Benson ihr noch lange nach. Er saß ziemlich zufrieden in seinem Wagen und trank ein kühles Bier. Das war ein wahrhaft gutes Geschäft gewesen. Diese nette Engländerin Rosie Jenkins hatte letztlich doch unterschrieben. Koko hatte ihr ein kleines Haus in der neugegründeten Siedlung Beach Hill verkaufen können, ein solide gezimmertes Haus mit schrägem Dach, damit das Regenwasser aufgefangen werden und in die unter dem ganzen Haus gemauerte Zisterne fließen konnte, so sparte man viel Geld für den Wasserwagen. Es gab zwei Schlafzimmer, eine große Wohnküche und ein ziemlich großes Bad, groß für die Verhältnisse auf seiner Insel, ein kleines Grundstück um das Haus mit Palmen und Aloebüschen und spärlichem Graswuchs, aber eine Garage und in dieser stand ein Ford, zwar ein älteres Modell, vom Miami Fleamarket, aber er lief noch gut. Für das alles hatte Rosie Jenkins achtzigtausend Dollars bezahlt, und Koko bekam davon etwa zwanzigtausend. Also war er mit sich äußerst zufrieden. Mit dem Geld wollte er für seine Lucille etwas Schönes kaufen, am besten in Rock Sound, und noch besser im Clubhotel des Golfclubs dort, die hatten eine spezielle Auswahl, denn dorthin kamen die reichen US-

Amerikaner, sie kamen in ihren eigenen Sportflugzeugen an oder mit ihren Yachten, auf der Reede dort lagen an den langen Tagen eines internationalen Golfturniers bis zu dreißig Boote. Doch die meisten Spieler kamen nur für ein verlängertes Wochenende. Die Amerikaner hatten ja nur einige Urlaubstage, nicht so wie die Europäer, die Engländer, Iren oder Deutschen, diese kamen meist für drei oder vier Wochen. Sie kamen zum Fischen, zum Tauchen oder nur zum Faulenzen. Oder wie jetzt diese Rosie Jenkins, die machte es wie viele Londoner nach dem Brexit, sie wollte einen Urlaubssitz haben in einer Gegend, in der es keinen Krieg, wenig Gewalt und gutes Essen gab, er sollte gut und schnell erreichbar sein; eine immer scheinende warme Sonne, weiße Strände und preiswerte alkoholische Getränke sowie eine freundliche Bevölkerung sollte es dort geben. Also kauften viele Engländer sich Besitz an den Küsten des Mittelmeeres oder, wer es sich leisten konnte, in der Karibik. Sie bevorzugten natürlich die Inseln ihres ehemaligen Kolonialreiches, wo man englisch sprach oder zumindest eine Art von Englisch, Pidgin-english genannt, und die Bahamas waren sehr begehrt.

Koko Benson hatte durch Vermittlung des Hotelmanagers in Governors Habour, seinen Cousin Peter Pinder, die Bekanntschaft dieser Rosie Jenkins gemacht und hatte sie herumgefahren, sie wollte verschiedene Objekte besichtigen. Sie war Musikerin in einem Londoner Orchester, hatte zwei heranwachsende Kinder und ihr Mann verdiente in der Londoner City offenkundig sehr gut. Die Familie wollte nach dem Brexit nun den

Jahresbonus der Bank, in der Mr. Jenkins arbeitete, gut anlegen und sie hatten an ein Haus und Grundstück auf den Bahamas gedacht. Und es passte gerade sehr gut, weil Rosie Jenkins ein Konzert in Miami hatte, sie konnte also ihren Rückflug über die Karibikinseln umbuchen und sich so auf den Inseln einmal umschauen. Weil ihnen die beiden Inseln New Providence mit der Hauptstadt Nassau und Long Island mit den vielen Casinos zu teuer und vor allem touristisch zu überlaufen erschienen, hatte sie sich überlegt, eine der Out Islands in Augenschein zu nehmen, und so war Rosie Jenkins auf Eleuthera gelandet. Sie hatte sich in die gemächlich dahinfließende Gelassenheit der Insulaner, die weißen endlosen Strände, die frischen Fische und das stete Rauschen der Palmen verliebt und zu Koko gemeint, dass sie hier ihr Domizil einrichten wolle, denn wo gäbe es das schon: zwei große Meere, links die karibische See mit all den bunten Fischen und rechts der Atlantik, und an dem Meer lag schließlich auch England, und als Koko ihr das relativ neue Haus auf dem kleinen Hügel anbot, da war es um sie geschehen.

Sie hatte auf der Veranda gestanden und konnte auf beide Meere schauen. Mrs. Jenkins hatte begeistert getanzt und jubelnd ihre Arme hoch gerissen und mit der Sonnenbrille den anderen Häusern zugewinkt und dann war sie Koko um den Hals gefallen und hatte ihm einen dicken Kuss auf die stoppelige Wange gegeben und gerufen, dass sie hier mit ihrer Familie leben wolle.

Koko war diese junge Frau sehr sympathisch und er hatte ihr auch gleich die Wege zu Tim Robbins, -»Der beste Fischer der Insel!«- gezeigt und den Pfad durch das Dickicht, wo man sich an einem alten Schiffstau über die Sandklippe hochhangeln musste und dann stand man am endlosen Strand der Ostseite der Insel, der Sand war fast rosa von all den abgeschliffenen Muscheln, und Koko hatte ihr erklärt, dass man hier in jeder Richtung nach Norden und Süden fast zwanzig Meilen Strand habe und in der Hochsaison, also zum Jahreswechsel, da treffe man vielleicht zwei, drei Menschen am gesamten Strand. Allerdings gebe es hier auch keine Rettungswachen. Rosie Jenkins hatte sich in den warmen Sand fallen lassen und nur auf die kleinen Wellen geschaut. Koko war es so vorgekommen, als ob sie betete. Sie hatte Tränen in den Augen, als sie zu ihm aufschaute und sagte:

»Oh. Wie schön ist es hier. Hier muss das Paradies sein!«

Koko hatte gegrinst und gemeint, dass sie es zu einem Paradies machen könne, wenn sie wolle; er würde alles tun, um ihr bei ihrer Planung dafür zu helfen. Sie hatten beide gelacht und waren dann wieder zurückgefahren zum Hotel in Governors und nun war sie zurückgeflogen über Nassau nach London, Koko hatte ihr seine Telefonnummer und Adresse aufgeschrieben, sie wollte mit der ganzen Familie zu den Osterfeiertagen wiederkommen, dann die behördlichen Formalitäten erledigen. Alles Übrige könne sie ja so gut wie irgendmöglich per Internet und Fax ausführen.

Am Abend ging Koko ins Morgan's-Run-Away, um Billard zu spielen. Er traf dort seinen Freund Gus, den

Fischer Tim Robbins und den alten David Pinder, der wie immer auf seinem Zigarrenstummel herumkaute. Der Fernseher lief wie jeden Tag und mitten in einer guten Partie mit Gus hielten sie inne, der Sender aus Miami brachte in den Nachrichten, dass die USA jetzt die Einreise für alle gesperrt habe wegen der Covid-19-Viren. Der Nachrichtensprecher berichtete von den vielen Toten in den Staaten und auch in England.

Die Männer in der Billardkneipe nahmen ihre Bierflaschen und drängten sich um das kleine Radio an der Theke, wo der Barmann Billy Pinder den Lokalsender aus Nassau lauter drehte. Die Rede des Premierministers wurde direkt übertragen und sie hörten gespannt und ungläubig, dass ab sofort keine Schiffe mehr auf den Bahamas anlegen durften und dass die Flughäfen alle gesperrt seien. Überall im Gebiet würden die Patrouillenboote der Polizei und des Zolls die See absuchen und dafür Sorge tragen, dass sich kein Boot unbemerkt einer Bahamasinsel nähern konnte, denn der Premier wollte es wie Neuseeland machen, er wollte seine Inseln allesamt virusfrei halten, solange es eben ginge. Die Touristen, die sich derzeit auf den Inseln befänden, mussten wohl oder übel bleiben. Verwandte und Freunde, die sich gerade in Europa oder den Vereinigten Staaten aufhielten, müssten zunächst dort bleiben. Im übrigen würde der Staat auch Masken verteilen, die Mund und Nase bedecken sollten. Diese müssten bei jedweder Begegnung getragen werden, auch wenn bisher auf den Bahamas noch kein einziger Fall von Corona bekannt sei.

Der Barmann schaltete das Radio ab und eine lebhafte

Diskussion begann, Tim Robbins schimpfte, weil seine Frau gerade in Miami zu Besuch bei ihrem Bruder sei.

»Nun wird sie sicher bis zum Wochenende nicht kommen können, und dann fällt das Konzert wieder aus.«

Tims Frau Mary war die Vorsängerin im Gospelchor in der presbyterianischen Gemeinde und das geplante Gospelkonzert war schon einmal verschoben worden, weil drei Sängerinnen wegen einer Lebensmittelvergiftung mit Magenkrämpfen zu Hause bleiben mussten.

»Hoffentlich kommt das Postschiff noch wie immer am Donnerstag«, meinte der alte David Pinder nachdenklich. »Stellt euch vor, wenn kein Boot mehr im Hafen von Governors anlandet. Das heißt dann: Kein Fleisch, kein Tabak, keine Zeitungen, keine Konserven. Wir sollten alle zu Hause nachschauen, was wir noch so in den Kühltruhen haben. Und zum Glück haben wir unsere Karibik, und die Fische dort, verhungern werden wir nicht.« meinte Onkel Albert. Und Doreen Pinder, die eine kleine Boutique in der Hesterstreet besaß, seufzte, dass ihr das Nähgarn und vielleicht sogar die Wolle ausgehen könnte. Alle hofften, dass in den nächsten zwei bis drei Wochen diese Sperrungen wieder aufgehoben werden würden.

Aber auch nach drei Wochen war die Vollsperrung der Bahamas noch immer in Kraft, eher im Gegenteil, denn die Zahl der am Virus Verstorbenen in den USA nahm erschreckend zu. Die Polizeipatrouillen auf den Meeren wurden intensiver, was einerseits den üblichen Schmuggel mit Rum oder Drogen natürlich eindämmte, andererseits aber auch den Unmut der Bevölkerung vergrößerte. Denn viele Menschen in den kleinen Dörfern wollten gern wieder nach Miami fahren; statt dessen lagen die eigenen Yachten und Segelboote an der Leine. Jeden Tag zählte der Hafenmeister in jedem Dorf, ob ein Boot fehlte. Nur die Fischer bekamen eine behördliche Erlaubnis, zumindest tagsüber zum Fischen hinaus zu fahren. Es ging sogar das Gerücht, dass aus Nassau kleine Sender für die größeren seetüchtigen Boote ausgegeben werden sollten, damit wie bei einem Navigationsgerät die Polizeiboote auf ihren Radarschirmen jederzeit die Lage der Boote ersehen konnten.

Die meisten Einwohner auf Eleuthera waren vernünftig und hielten sich an die Bestimmungen, es waren nur einige wenige, denen die Untätigkeit allmählich zur inneren Unruhe wurde, sich verwandelte in unstete Gedanken, verbotene Gelüste und verstiegene Planungen, wie man die offiziellen Stellen überlisten und heimlich eben doch in die USA einreisen könnte. Aber wie die vielen Berichte aus Radio und Fernsehen deutlich machten, wurden die illegal eingereisten Menschen in den Staaten gleich in Quarantäne gebracht und kamen meist anschließend ins Gefängnis, wenn auch nur kurz, aber dann mussten sie in Amerika bleiben, zurück durften sie ja nicht mehr. Auch Tim Robbins Frau saß immer noch in Miami fest, Tim selbst lief abends im Buccaneer's Club wie ein unruhiger Tiger auf und ab und trank zu viel. Koko konnte das gut verstehen, wenn er über eine so lange Zeit keine Gelegenheit mehr hätte, seine Lucille zu sehen, das würde ihn auch unruhig machen. Er konnte ihn gut verstehen, aber helfen konnte er ihm nicht. Mit dem Postschiff waren die Gesichtsmasken gekommen und der Mark Dempsey, der Postbote, hatte in jedes Haus die Masken gebracht. Aufgesetzt aber wurden sie nur bei Besuchen im Rathaus oder Hotel, wo die Möglichkeit bestand, dass man auf Fremde treffen konnte. Bisher war auf Eleuthera selbst noch kein Virus aufgetreten, wie der Bürgermeister nicht müde wurde zu erzählen. Das sorgenvollste Gesicht aber machte Mr.Johanson, der Besitzer vom Supermarkt. Solange Koko sich erinnern konnte, hatte es noch nie halbleere Regal dort gegeben. Als erstes waren die Süßigkeiten ausverkauft und die Tabakwaren, denn mit dem Postschiff waren beide Warensorten nicht gekommen. Im Buccaneer's Club beredeten sie die täglichen Virusnachrichten und erschraken immer mehr über die vielen Toten in den Staaten und besonders in England. Es verwunderte sie sehr, dass es in Europa auch so schlecht stand mit der Gesundheit wie überhaupt auf der gesamten Erde, aber da es bisher kein Gegenmittel gab, musste man sich mit den Mitteln behelfen, die es gegen schwere Erkrankungen bisher gab.

Man sah keine Flugzeuge mehr und es gab keinen Schiffsverkehr mehr, so dass die kleinen Boote, die morgens zum Fischen hinausfuhren und abends wieder an den Steg kamen, überall freie Bahn hatten. Viele Insulaner waren zwangsläufig Vegetarier geworden, die meisten aber aßen weiterhin den frischen Fisch. In der Gegend von Rock Sound wurden eines Nachts sogar ein paar Ochsen von der Weide gestohlen, man fand dann ein paar Tage später ihre Knochen oben an der Nordseite beim Glasswindow. Offenkundig hatte man die Tiere dort geschlachtet und ausgeweidet, fachgerecht, so hoffte Koko, und er freute sich, dass er dann ein paar Tage später ein Stück Ochsenbein angeboten bekam. Er griff natürlich zu.

Aber es muss auch deutlich gemacht werden, das durch dieses Virus für die meisten Insulaner keine großen Veränderungen stattfanden; viele der erwachsenen Kinder studierten in den USA oder gingen dort zur Arbeit, schickten dann regelmäßig Geld an die Eltern oder Großeltern auf die Bahamas, der wöchentliche Kontakt wurde über Radiotelefon oder Internet wie immer weitergeführt. Die meisten Einwohner der Inselwelt lebten von Fischfang, Obstanbau oder Landwirtschaft; vom Tourismus konnten nur die großen Gesellschaften existieren, denen Fluglinien oder Hotelketten gehörten, die Angestellten in den Bars oder Hotels bekamen nur einen Hungerlohn, sie waren auf die Trinkgelder der Touristen angewiesen, und diese fielen nun weg, für wie lange auch immer. Im Alltag hatte sich nur wenig geändert. Manche dachten an die Zeit des großen Krieges, wo es auch zur Verknappung bestimmter Güter gekommen war, aber insgesamt lief das Normalleben für die meisten so weiter wie immer. Und da bisher auf keiner der 800 Inseln ein Coronafall aufgetreten war, schien für die allermeisten diese Pandemie weit weg zu sein. Jeder hatte eine der Masken in der hinteren Hosentasche, aber benutzt wurde sie nur bei offiziellen Anlässen.

Am Dienstag hatte Koko gerade am Stand von Cutter Slim eine große Portion Conchessalat mit viel Pfeffer und Peperoni bestellt und sie redeten über die neuen Liebschaften von Doreen, als gegenüber aus dem Hotel »Imperial« ein lautes Gepolter und Klirren zu hören war und dann rannte ein rotgesichtiger weißer Amerikaner in gestreiftem Pyjama die Stufen hinunter, er schrie immer wieder »Ich halt das nicht aus! Ich bin doch kein Gefangener! Ich will hier weg!« und er schlug mit einer leeren Weinflasche gegen den Bambuszaun, der das rote Auto von Onkel Albert vor Staub und Sonne schützen sollte. Bixbie Stern, der seit Jahren dort im Hotel arbeitende Kellner, lief in seinem schwarzen Anzug mit Fliege hinter dem schreienden Gast her und versuchte, ihn aufzuhalten. Aber umsonst, der rotgesichtige Weiße krakeelte durch die Straßen bis zum Supermarkt. Dort gegenüber lag das Polizeiquartier, und Sergeant Payne trat in frisch gebügelten Shorts in voller Montur au die Tür, rückte den braunen Ledergurt mit Pistole, Tasche und Handschellen zurecht und schritt energisch auf den schreienden und um sich schlagenden Touristen zu; er griff ihn an den Schultern und bog dessen Arme nach hinten, zwang ihn in die Knie, bis der immer noch Schreiende – aber jetzt vor Enttäuschung und Schmerzen – im Staub der Straße kniete und dann endlich leiser wurde und schließlich den Kopf auf seine Brust sinken ließ und leise vor sich hin weinte. Sergeant Payne hob ihn hoch und zog ihn zur Polizeistation. Dort kam er in die einzige kleine verschließbare Zelle des Gebäudes und der erschöpfte Kellner wankte zu Koko und Cutter Slim und sie alle tranken eisgekühltes Coke.

»Er war völlig durchgedreht. er will nach Kansas zurück, seine alte Mutter sei erkrankt und seine dringenden Geschäfte könne er von hier nicht länger weiterführen. Er kam in den Speisesaal gerannt und hat dann einfach so die anderen Gäste beim Essen gestört, dann begann er zu werfen, erst die Schüsseln vom Servierwagen, dann hat er mit den Ellbogen die Bar abgeräumt, dann mit Stühlen um sich geschmissen und schließlich ist er durch die Topfpalme gestolpert und hat immerzu geschrien und geschrien.«

Bixbie war ganz erschöpft und man konnte am gestärkten Hemd sehen, wie durchgeschwitzt er war, obwohl er immer so stolz darauf gewesen war, dass ihn nichts erschüttern konnte.

»Ausgerechnet diese Palme! Das ist doch Miss Jaspers Liebling. Die hat doch noch ihr Vater eigenhändig gepflanzt!«

Koko leerte genüsslich seinen Pappbecher mit Conchessalat und gab Cutter Slim die leere Cocaflasche zurück.

»Und das ist nicht der einzige, der weg will. Wir haben nur noch sieben Gäste im Imperial, aber alle wollen sie weg, und zwar sobald als möglich. Miss Jasper will auch weg, nach Chicago, sie soll dort auf einem Hotelkongress über die Perspektiven der Entwicklung in der Karibik reden. Aber ihr wisst ja selbst, es kann keiner im Augenblick in die Staaten. Und solange keine Flugzeuge mehr fliegen, mit dem Postschiff dauert es allein zwei Tage bis Miami.«

Cutter Slim nickte bedächtig. Koko nahm noch eine Coke.

Die Amerikaner ließen keinen ins Land, zu viele Coronatote. Und es wurden auch in Mexico und den anderen Ländern, besonders in Argentinien und Brasilien, viele Virenerkrankungen gemeldet. Auf der ganzen Welt war der Flugverkehr fast zum Erliegen gekommen, und auch auf den Meeren fuhren nur noch Schiffe mit den dringend benötigten Waren. Alle Kreuzfahrtdampfer lagen fest angekettet am Pier, es gab keine großen Sportveranstaltungen und keine Theater- und Kinovorstellungen mehr, auf den Inseln selbst machte das nicht viel, das Leben lief in den meisten Familien fast wie zuvor, nur dass die Kinder nicht zur Schule gehen durften und allmählich in den Supermärkten viele Regale leer waren. Aber die Insulaner hatten genug Mehl zum Brotbacken, es gab auch hin und wieder einen Kuchen, und Obst hatten sie meist im Garten und allerlei Gemüse auch, die Angelleidenschaft hatte bei einigen zugenommen, Tim Robbins hatte noch nie so viele kleine Boote mit Anglern gesehen in seinem Leben wie jetzt.

Abends im Buccaneer's Club sagte Tim Robbins zu Koko, dass er zur Zeit keinen einzigen Fisch mehr auf Eis liegen habe, alles, was er tags gefangen habe, wäre am Abend, wenn er anlegte, schon direkt am der Pier verkauft. Er müsse zusehen, dass er noch für die eigene Familie genügend übrig habe.

»Weißt du, so gesund wie in den letzten Wochen haben wir alle lange nicht gelebt. So gesehen ist diese Zeit mit dem Coronavirus sogar sehr positiv für uns, meinst du nicht auch?«

Sie grinsten beide, erhoben ihre Flaschen und tranken sich zu.

»Aber die in Nassau haben im Radio gesagt, dass wir in der nächsten Woche schon wieder vieles machen dürfen, ins Kino gehen, und die Schulen sollen auch wieder geöffnet werden, denn die Gefahr einer Ansteckung sei gebannt, weil die Abschottung durch die Verbote von Flugverkehr und Dampfern so gut gewirkt hätte.«

»Für manche aber ist es doch ziemlich anstrengend, so nur mit den eigenen Angehörigen zu leben. Und wie Doreen, die immer auf der Suche nach ihrem Traummann durch die Bars schlenderte und nach einem zahlungskräftigen Amerikaner suchte.«

»Beinahe hätte sie es zum Jahreswechsel geschafft, und man munkelt, der wollte sie sogar heiraten, aber dann seien ein paar ihrer Verwandten vorbeigezogen und bei dem Besäufnis hätte ihr Liebhaber sie mit einem anderen in den Betten erwischt.«

»Zu dumm aber auch, ich hätte gedacht, sie ist schlauer und lässt sich nicht mehr erwischen.«

»Das war wohl eher ein Rumpunsch zu viel. Oder sie ist noch immer in ihren Cousin verknallt. Sie soll ja schon zu Schulzeiten mit ihm in die Dünen gegangen sein.«

Dann kam Bart Christian durch die Tür und steuerte direkt auf den Tisch zu, an dem Koko und Tim saßen. Er setzte sich atemlos zu ihnen und nahm Tims Hände fest in seine, schaute ihn flehend an und sagte leise:

»Kannst du mich morgen mitnehmen? Ich meine zum Fischen auf die Karibik?«

»Sag schon, warum das denn? Du hast doch bisher alles

abgelehnt, was mit Wasser zu tun hat. Du bis viel lieber geflogen als mit den Boot rauszufahren.«

Bart wischte sich den Mund ab und schaute kläglich drein, hob den Kopf höher und sagte leise, so dass nur die beiden es versehen konnten:

»Ich muss! Ganz einfach. Ich muss hier weg. Und Flieger gibt es nicht mehr. Selbst der Doc Roberts darf mit seiner Chessna nicht aufsteigen, ich hab ihn schon gefragt. Auch für ihn gilt das Flugverbot, nur in Notfällen dürfte er zu einer der anderen Inseln fliegen; aber da auf allen Inseln jetzt Ärzte sind, ist damit nicht zu rechnen. Und ich muss weg. Ich dreh sonst noch durch!«

Und nach längerem Drängeln und mit vielen Unterbrechungen stellte sich heraus, dass Bart Christian sich in Miami bei einem Wucherer viel Geld geliehen hatte, denn er wollte für seine Frau Trisha doch das neue Heim möglichst schnell fertig bauen, und die Bank wollte ihm keinen so großen Kredit gewähren. Dieser Geldverleiher sollte schon gestern sein Geld wiederbekommen. Und dann kam diese Pandemie dazwischen, denn Bart hatte eine große Lieferung aus Kolumbien in Miami abliefern sollen, aber es ging ja kein Flieger mehr und nun lag das Zeug in seinem Schuppen.

»Ich muss das nur in die Staaten bringen, und wenn möglich ohne solche offiziellen Anlegestellen. Und du kennst du doch da einige, wie ich hörte. Wenn ich das erst abgeliefert habe, dann kann ich auch das Geld zurückzahlen und dann ist alles wieder gut.«

Bart nahm einen Schluck aus Kokos Bierflasche.

Tim Robbins schaute zu Koko, dann in das verschwitzte Gesicht von Bart Christian.

»Na gut,« meinte er schließlich, »wir wollen es versuchen. Aber dann sei auch pünktlich an Bord. Um vier morgen früh lege ich ab. Dann gibt es gegen fünf den Wachwechsel auf den Polizeibooten, den sollten wir ausnutzen.«

Bart stand auf und klopfte Tim auf die Schulter:

»Das werde ich dir nie vergessen. Ich geh jetzt mal alles zusammenpacken. Ich bin pünktlich am Pier.«

Dann schlenderte er hinaus. Koko sah ihm lange nach.

»Ich hätte nicht gedacht, dass Bart einmal in Schwierigkeiten kommt. Er war immer so solide und gründlich, und er liebt seine Trisha.«

»Ja, und sie ist ihm treu, sie mögen sich wirklich. Nun wollte er ihr was Gutes tun und dann so was. Hat einfach Pech, der Gute.«

»Na, du wirst ihn schon gut abliefern, oder?«

»Das Wetter soll gut werden, ich hab nur Sorge wegen des amerikanischen Zolls. Die haben schnelle Schiffe und sind gerade jetzt wegen der Pandemie so besonders aufmerksam. Denn viele Cubaner versuchen es in diesen Tagen, weil die Krankenhäuser in Cuba nicht über die notwendigen Geräte verfügen. Das wirtschaftliche Embargo durch die USA wirkt sich eben doch aus.«

»Na gut, dann gehen wir jetzt. Du musst ja früh raus, und eine Mütze Schlaf wird dir gut tun für die Fahrt.«

Sie gingen in die Tropennacht, und noch im Bett dachte Koko an Bart Christian und wie schnell ein unbedarfter und unbescholtener Mann in solch eine vertrackte Lage kommen konnte. Das war wieder einmal eine Warnung auch für ihn, nicht allzu leichtsinnig zu sein.

Als Lucille am nächsten Freitagabend zu ihm kam, erzählte sie von den drei Schotten, die an der Nordspitze der Insel im kleinen Hafen von Spanish Wells mit ihren Motorrädern liegengeblieben waren, weil bisher mit dem Postschiff noch kein Ersatzteil aus Miami angekommen war. Die Schotten hatten sich eine Art Weltumfahrung mit ihren alten Maschinen vorgestellt. Sie hatten schon die USA durchquert und waren per Schiff nach Eleuthera gekommen, denn einer von ihnen war Lehrer und wollte unbedingt den Spuren der ersten Besiedler folgen und deren alte Behausungen erkunden, also die Höhlen und die erste Kirche, und dann hatten zwei ihrer Motorräder gestreikt. Es waren zwar nur kleine Motorteile, die defekt waren, aber ohne diese funktionierten die Maschinen nicht mehr. Nun waren die Schotten für die Wartezeit in den kleinen Ort Spanish Wells gezogen. Dort gab es zumindest einen guten Mechaniker, der würde die Motorräder schon wieder instand setzen können, wenn er die erforderlichen Ersatzteile hätte. Die waren in Miami zwar bestellt, aber noch nicht geliefert worden. Und zwei der Schotten waren unlängst richtig durchgedreht, wie Lucille berichtete, sie hätten sogar die kleine Polizeistation zerlegt, das Lokal von Ramona Pinder in Brand gesteckt, weil die ihnen keinen Whiskey mehr geben wollte. Auch das Bier war auf allen Inseln knapp geworden war, denn die Brauerei auf New Providence konnte ja auch nur per Postschiff ihre Fässer schicken, und dieses Schiff durfte per Regierungserlass nur noch lebenswichtige Güter transportieren. Die Menschen auf den Out Island murmelten, dass Bier zwar bei ihnen zu den lebenswichtigen Dingen gehörte, aber die da oben in Nassau würden ja nur von Rum und Whiskey leben. Und im Zug der Betriebsschließungen wegen der Vireninfektion war auch die Brauerei seit sechs Wochen geschlossen und konnte kein Bier mehr ausliefern, was überall auf den Inseln zu erheblichen Unruhen führte und die Regierung unter Druck setzte, die daher deshalb ziemlich schnell wieder die Genehmigung zu Produktion und Vertrieb des einheimischen Bieres gab. Eigene Brennereien, heimlich und meist mitten im Busch, in denen Kornbrand und Ananasschnaps und Kokosrum hergestellt wurde, blühten richtig auf und die Polizei hatte anderes zu tun, als sich um die Schwarzbrenner zu kümmern. Sie musste die Touristen beruhigen, fremde Schiffe vom Anlanden abhalten und die Schnellboote der Drogenmafia aus Kolumbien jagen.

Koko und Lucille hatten ein erfreulich ruhiges und ausgefülltes Wochenende. Als Lucille wieder abgefahren war nach Spanish Wells, schlenderte Koko wieder zu Cutter Slim und seinem Verkaufsstand mit Conchessalat. Dort genoss er seine große Portion der frischen Muschel mit viel Pfeffer und Zitrone und hörte mit halbem Ohr, wie David Pinder nach Beendigung seiner Zwischenmuschelmahlzeit von Tim Robbins berichtete, der erst heute morgen wieder auf die Insel gekommen sei, angeblich habe er Motorschaden gehabt mitten auf der Karibik. Natürlich hätten die Polizisten ihm geglaubt, denn bei der Untersuchung hatte er kein Schmuggelgut dabei gehabt. Koko schmunzelte ihn sich hinein. Da hatte es Bart ja doch geschafft.

In der nächsten Woche wurden die Schulen wieder geöffnet und es ging alles seinen fast normalen Gang. Nach weiteren zwei Wochen gab es die ersten Virusinfektionen auf Long Island, da waren zwei Segler aus Orlando so wild auf das Spielen in den Casinos gewesen und einer Wette wegen wagten sie sich mit einem kleinen Segelboot auf die Karibik. Sie hatten viel Glück gehabt, denn sie waren beide keine erfahrenen Segler gewesen und das Boot war auch nur klein und eigentlich nicht hochseetüchtig, Aber das Meer war ruhig gewesen und geblieben und der Wind hatte stetig in die richtige Richtung geblasen. Aber sie hatten das Coronavirus mitgebracht und es gab die ersten Toten auf den Bahamas. Die Seepatrouillen von Zoll und Polizei wurden verstärkt und auch die kleine Armee, nur etwa dreihundert Soldaten, wurden zu erhöhter Wachsamkeit ermahnt.

In den Orten allüberall auf den dreihundert bewohnten Inseln gab es überall eine zunehmende Unruhe, denn obwohl sich im Alltag für die meisten nichts sehr verändert hatte, gab es einige, die sich eingesperrt fühlten und sich die Freiheit nicht nehmen lassen wollten, dass sie gehen konnten, wohin sie wollten. Die Regierung beschloss, dass jeder Bahamese gehen konnte, wohin er immer wollte, aber bei der Rückkehr, wenn er denn eine solche tatsächlich zustande brachte, musste er für zwei Wochen in Quarantäne gehen. Viele auf den Out Island motzten, schimpften und fluchten, aber es gab nur wenige, die mit dem Postschiff erst nach Nassau und dann weiter nach Miami fuhren. Sie wurden dort ebenfalls in Quarantäne gesetzt und konnten erst nach vierzehn Tagen zu ihren Verwandten oder Freunden in die Staaten weiterreisen.

Wie Lucille zu Koko sagte, wenn es erst einen Impfstoff gäbe, dann würden alle wieder reisen und zwar mehr Menschen als vorher, weil sie dieses Gefühl auskosten wollten, einfach wieder überall hin fahren zu können.

»Auch die, die sonst nicht aus ihrem Dorf herausgegangen sind, ich könnte mit dir wetten, dass sogar Cutter Slim sich ein paar Tage auf Inagua gönnen wird. Er war als Kind mal da und schwärmt noch heute davon, bei einem Schulausflug, wegen der Flamingos. Ich weiß das, denn ich war in seiner Klasse und war auch dabei. Es war ziemlich aufregend, wir haben sogar ein paar Flamingoeier gefunden, damals, und einige von uns haben sie mitgenommen und daraus dann Rühreier gemacht. Die schmeckten auch nicht anders als unser normales Omelett.«

Einige Zeit später kam am Abend Trisha Christin in den Buccaneer's Club und setzte sich zu Koko und Bixbie Stern. Sie litt sehr darunter, dass sie nichts von ihrem Mann gehört hatte, seit er mit Tim Robbins vor ein paar Wochen weggefahren war. Sie fragte ob die beiden nichts gehört hatten, aber alles, was Bixbie zu sagen hatte, war die schon bekannte Information, dass Tim Robbins gestern wieder hinausgefahren sei zum Fischen, und von Bart hätten sie auch lange nichts gehört. Sie tranken ein paar Bier und Koko fuhr sie dann zu ihrer Freundin Doreen, wo Trisha übernachten wollte.

Als er zurückfuhr in der hellen Tropennacht unter dem leuchtenden Vollmond, da kam ihm ein Motorrad entgegen. Auf diesem saß ein fremder weißer Mann und hinten Bart Christian. Die fuhren gemächlich vorbei, und Koko parkte nachdenklich an seiner Hütte und schaute noch auf die See. War der Bart also wieder auf der Insel sicher gelandet. Und das Motorrad gehörte vermutlich einem der Schotten, die oben in Spanish Wells festsaßen. Dann war Bart sicher dort oben an der Nordspitze gelandet, wohl mit einem der kleinen Segelboote. Koko grinste. Hoffentlich war ihm während der Überfahrt so richtig schlecht geworden, sie wussten ja alle im Buccaneer's Club, dass Bart keine Seefahrt mochte, weil er immer seekrank wurde, daher flog er viel lieber. Nun war er also auf dem Wege zu seiner Trisha. Na, der würde Augen machen, wenn seine Frau nicht zu Hause war. Denn sie wollte ja die Nacht bei Doreen verbringen in Governors. Ja, die beiden, sie mochten sich richtig gut. Fast so wie Koko und seine Dauerverlobte Lucille.

Koko seufzte leise. Lucille träumte noch immer von einer Riesenhochzeit in Las Vegas mit weißer Stretchlimousine und Hochzeitskapelle, in der ein Elvisimitator sang und in rosa gekleidete Brautjungfern und und und.

Koko war es lieber, wenn sie eine möglichst kleine bahamesische Hochzeit hier auf der Insel machen würden, nur die engere Verwandtschaft, das würde gut sein für den Zusammenhalt der Familie und für Kokos Brieftasche auch. Er reckte sich und lachte zum Mond hinauf. Durch diese Pandemie waren Lucilles Hochzeitsträume zerplatzt. Vielleicht hatte diese Vireninfektion auch ihre gute Seite.

Das letzte Rendezvous

Hugo stand ausgeruht vor dem Spiegel und rasierte sich so sorgsam wie noch nie. Er wollte einen besonders guten, nein, einen hervorragenden Eindruck auf alle machen, schließlich war es nach langen Jahren des Wartens ein letztes Zusammentreffen mit der einzigartigen, der inniglich geliebten Simone.

Er schabte an der Kinnkante und um den Adamsapfel herum.

Diese Augen! Diese tiefgründig blickenden fast herausfordernden Augen mit den kleinen Fältchen in den Augenwinkeln, die beim Lachen tiefer und sichtbar wurden. Das Lachen, das Lächeln, wie sie ihre einladenden Lippen verzog und die obere Zahnreihe blitzen ließ, und wenn sie dann den Kopf leicht schrägte und ihn so halb von unten anblickte, da war es um ihn geschehen.

Es war am See gewesen, er saß inmitten der lauten Gruppe seiner Schulfreunde neben Carmo Fink von Oltersberg und seinem Freund Joachim, da schritt sie aus dem See kommend vorüber. Ja, sie ging nicht, sie schwebte nicht, sie schritt. Wie nur eine Königin schreiten konnte. Oder eine Göttin. Oder ein Geist.

Es war für Hugo wie ein heller Strahl, der Traum war Wirklichkeit geworden, es löste in ihm eine Art Starre aus, er wagte kaum zu atmen, er war ganz Schauen, ganz Staunen, ganz Bewunderung, fast Anbetung. Er hörte nicht die Bemerkungen seiner Freunde, die scherzhaft bissigen Kommentare wie:

»Jetzt hat es ihn aber erwischt! – Wurde auch Zeit, er war auch mal dran! -Man glaubt es nicht, der Hagestolz hat seinen Deckel gefunden. – Kneif ihn mal, er spürt doch eh nichts mehr. – Ach lass ihn doch. – Wie vom Blitz getroffen. – Werft ihn in den See, damit er wieder unter uns Lebenden weilen kann.«

Hugo war ganz ruhig, innen. Er schaute und schaute. Schaute wie diese Frau ein grünes Handtuch nahm und sich abtrocknete, wie sie ihre dunklen Haare erst trocken rieb und dann bürstete, schließlich mit einem silbern schimmernden Band einen Pferdeschwanz band, sich reckte und vornüber beugte, die Zehen mit den Fingern ertastend, dann sich aufreizend langsam in den Sandboden auf das ausgebreitete Handtuch gleiten ließ und die Augen schloss. Sie atmete gleichmäßig.

Hugo wollte dieses Gemälde nicht enden lassen. Nach einverstehenden Blicken erhoben sich die Freunde und packten Hugo an den Gliedern und trugen ihn zum See und warfen ihn mit Gelächter und Schwung hinein. Dann kamen sie alle hereingeplanscht und kraulten und bespritzten sich und schwammen und lachten und juchzten und dann endlich waren sie wieder am Ufer und trockneten sich ab und die Schöne, die Unvergleichliche, fest in Hugos Herz Eingebrannte, war weg. Sie war gegangen.

Mit den anderen zog er sich dann an und radelte wieder zurück in das Dorf. In der Nacht träumte er von ihr. Er gab ihr beim Einschlafen den Namen Doreen. Der hatte für ihn etwas Geheimnisvolles und Vertrautes zugleich. Doreen. Voller Unruhe und Gelassenheit zugleich reckte er sich unter der Decke und ließ sich dann mit fest verschlossenen Augen in den Namen Doreen fallen wie in einen Handschuh, der ihm lange vertraut war, und doch, wie neu.

Seine Tagträume wurden dann eines Tages doch real. Es war im Sommer, im August, an einem Schulfest. Hugo studierte bereits und hatte eine Einladung seiner alten Schule erhalten, natürlich mit der Absicht des Direktorates, dass er in den Verein der Ehemaligen eintreten würde und dann kräftig Spendengelder sammeln oder selbst zahlen könne. Das war ihm klar, aber er hatte auch aus einer Laune heraus die Vorstellung, er könne sicher den Einen oder die Andere aus seiner Klasse wieder einmal sehen. Denn wie bei Klassen anderer Schulen, soviel hatte er inzwischen von seinen Kommilitonen gehört, gab es für seine eigene Klasse keine regelmäßigen Treffen; sie hatten sich nach dem Abitur nicht mehr zusammengehockt, waren in alle Winde zerstreut und auch er hatte nur noch Kontakt zu Hans-Joachim. Aber der wohnte auch in der gleichen Straße wie seine Eltern. Und nun war er also zum Schulfest gefahren. Er hatte vor dem Schulhof geparkt und war dann durch die aufgebauten Stände mit den üblichen Belustigungen geschlendert, es gab da Luftballonrasieren, Dosenwerfen, einen Bratwürstchenstand, Kakteen zum Verkauf, eine Sammlung von Zierfinken und Kanarienvögeln, ein Streichelzoo mit Angorakaninchen und Waffelbäckereien. Über allem lag eine fröhliche laute Stimmung voll Kinderlachen, gelegentlich auch eine helle Frauenstimme und dumpfes Männergerede, ein heller Himmel, ein leichter Wind, im Inneren waren die Klassenräume ausgeschmückt mit bunten Papierschlangen und Luftballons, da gab es lange Tische voller Kuchen, Kaffee wurde serviert, Tee oder Mineralwasser und Cola, von erfahrenen Müttern selbstgefertigte Torten und Salate, überall standen Menschen, Kinder und Eltern, Freunde der Schule und ehemalige Schüler und auch Lehrer, und Hugo sah sogar Herrn Boos, der ihn vor Zeiten in Geschichte und Chemie unterrichtet hatte.

Auf dem Flur vor den Toiletten traf er auf Simone. Sie prallten fast aufeinander, Simone war so schnell um die Ecke geeilt in heller Leinenhose und einer mit Rosen gesprenkelten Bluse, sie hätte ihn fast umgerannt.

»Nein, du bist hier! Hugo, ich kann dir nicht sagen, wie froh ich bin, dich zu sehen.«

Sie waren gemeinsam Kaffee trinken gefahren, fern von der Schule in ihr altes Stammlokal, im Kanalcafé, er hatte sie hingefahren, sie war mit der Bahn zum Schulfest gekommen und das auch in der Hoffnung, dass sie nach Jahren die Carmo wiedersehen könne. Aber die war nicht dagewesen, und so saßen die beiden auf der Terrasse des Kanalcafés und tranken süßen dunklen Kaffee und aßen Schwarzwälder Kirschtorte, ganz wie zu Schülerzeiten. Hugo wunderte sich über sich selbst, dass er so ohne alle Mühe einfach losreden konnte, sein Herz klopfte nach der anfänglichen Aufgeregtheit jetzt gleichmäßig und stetig; als es dunkelte, gingen sie an der Kanalböschung gemächlich spazieren und wie von selbst nahm Hugo ihre Hand und dann ließen sie sich ins Gras fallen, das Wasser schwappte an den kleinen dunklen Steinen und sie küssten sich, das Gebüsch rauschte im Wind, es war warm, kein Mond, nur ein paar Sterne, Simone knöpfte ihm das Hemd auf und sie streiften sich ihre Schuhe ab, wälzten sich ein wenig hin und her, er knöpfe ihren BH auf und küsste ihre Brüste, beider Hände erkundeten den anderen und dann schliefen sie innig und zärtlich miteinander. In seinen Armen schlummerte Simone dann ein und Hugo schaute fast verwundert in den Himmel, erfüllt von seinen Gefühlen, das musste doch die große Liebe sein, dachte er noch beim Einschlafen.

Ein lautes Tuten weckte sie beide auf, das mit Sand gefüllte Frachtschiff tastete sich durch den Nebel am Kanal und zeigte den beiden einen neuen Tag an. Simone schaute auf ihre Uhr, gab Hugo einen langen weichen Kuss und erhob sich:

»Ich muss leider jetzt gehen, aber warte nur, bald sehen wir uns ja wieder.«

Und weg war sie. Hugo blieb noch ein wenig liegen im Gras am Kanal, dann erhob er sich, richtete seine Kleidung her und ging zu seinem Wagen zurück. In den folgenden Wochen hörte er nichts von ihr, und so allmählich wurde in seiner Phantasie aus seinem Erleben am Kanal ein Tagtraum, der ständig überhöht wurde, und dann wurde aus Simone wieder eine Doreen und nur noch ein Traumbild.

Die nächste Begegnung mit Simone geschah ein paar Jahre später im Wartesaal des Bahnhofes. Er hatte an

einem der langen Tische mit diesen gemusterten Plastik-
decken im Wartesaal bei einer Tasse Kaffee gehockt und
auf seinen Zug gewartet, der Verspätung hatte, da war
Simone – oder Doreen, wie er sie bei sich immer noch
und immer wieder nannte – durch die Drehtür in den
dunklen Wartesaal hereingeschlendert, ein leichter heller
Sommermantel über einem roten Kleid, sie schaute über
die Tische und Wartenden hinweg und übersah Hugo,
wie dieser mit einem deutlichen Schmerz bemerkte,
drehte sich um und verschwand wieder. Hugo starrte auf
die Tür noch lange und hätte fast seinen Zug verpasst,
im letzten Moment wurde ihm die Durchsage bewusst
und er erhob sich vor der halb geleerten Tasse Kaffee.
Auf den Bahnsteigen und auch dem hell gepflasterten
Vorplatz war Simone nicht mehr zu erblicken.

An einem Nieselregentag vier Jahre später in Hamburg
sah er sie dann wieder:

Simone stieg aus einer Limousine, hohe Stöckel-
schuhe, enger beiger Rock und rote Lederjacke. Äußerst
elegant. Sie trug eine schwarze Aktentasche, strich sich
eine Strähne ihres dunklen Haares aus dem Gesicht
und eilte in ein hohes Haus mit vielen metallenen Fir-
menschildern im Eingangsbereich, vorwiegend Anwälte
und Notare, aber auch ein Im- und Exportgeschäft und
ein Zahnarzt machten auf sich aufmerksam. Hugo war
mit seinen Unterlagen für ein Ingenieursbüro unterwegs und hatte wenig Zeit; nach seinem Studium hatte
er unglaubliches Glück gehabt und war gleich in eine
internationale Firma gekommen und dort auf dem guten Weg zu einer wirklichen Karriere. Er arbeitete oft

mehr als vierzehn Stunden und hatte für Träume nur noch wenig Zeit. Sein Junggesellenappartement lag am Stadtrand, klein und schnell zu reinigen, es gab eine U-Bahnstation in der Nähe und einen Supermarkt, also für Hugos Lebensqualität mehr als geeignet. Und nun lief ihm Simone wieder über den Weg. Kurzentschlossen ging er in das Haus und stand lange vor der silbrigen Firmenliste an den Fahrstühlen. Menschen stiegen aus und ein, gelegentlich warteten ein paar geduldig, meist aber schauten sie zumindest auf ihre Uhren oder seufzten ungeduldig, wenn sie zu mehreren waren, alle mit einer Mund-Nasen-Maske und den gespannten Coronablicken, wirkten sie wie gehetzt, wie getrieben von irgendetwas oder irgendwem nach irgendwohin oder nirgendwohin, sie konnten für Hugo wie vorüberfließende abgebrochene Äste in einem unendlichen Fluss erscheinen. Am liebsten würde er aufs Geradewohl in einen der Fahrstühle steigen und in irgendeinem Stockwerk aussteigen, an die Tür der nächstbesten Firma anklopfen, hineingehen und nach Doreen fragen. Oder lieber doch nach Simone? Und wenn die dort keine Ahnung hatten? Oder ihn als lästigen Eindringling ansahen und vom Sicherheitsdienst hinauswerfen ließen? Oder die Polizei riefen und die nahmen ihn mit auf die Wache und es würde endlos dauern, ehe er wieder als freier Mann auf die Strasse kommen und seinen Geschäften nachgehen konnte?

Seine Geschäfte. Hugo drehte sich mit einem Achselzucken um und schritt eilig aber gezielt seinem Treffen zu. Nur gelegentlich schwebte in seinen Gedanken, die vorwiegend mit Querelen der fordernden Geschäftsleute gefüllt waren, auch die Gestalt von Simone auf.

Nun war vor zehn Tagen ein Anruf gekommen. Die Universitätsklinik hatte um seinen dringenden Besuch gebeten, er solle sich unverzüglich auf Station I.4,8 bei der Oberschwester melden. Es ging um Simone. Sie war mit heftigen Symptomen der Covid-19-Virus in einer schweren Form eingeliefert worden; sie habe ihn als den nächsten Verwandten gemeldet und ihr Zustand habe sich derart verschlechtert, dass mit dem Schlimmsten in den nächsten Tagen gerechnet werden musste, und da wollte sie ihn noch sprechen; sie wollte, nein sie musste, wie sie meinte. Das hatte die Schwester der Intensivstation ihm am Telefon erklärt.

Er war sofort in die Klinik gefahren. Dort musste er sich zunächst ausweisen, dann wurde ein Schnelltest gemacht und gleichzeitig ein richtiger Test mit Rachenabstrich und aus der Nase auch, es war für Hugo äußerst unangenehm, mit der Nase hatte er schon immer Probleme gehabt; auch war seine Nasenscheidewand nicht mehr ganz gerade, so dass das Einführen des Wattestäbchens doch schmerzhafter war, als er gedacht hatte. Anschließend wurde er eingekleidet in einen weißen Plastikanzug mit Reißverschluss, grüner Plastikmütze und dazu neben der weißen Mundnasenmaske noch einen durchsichtigen Plastikschirm. Er kam sich vor wie ein moderner Raubritter, dieser Plastikhelm mit Visier war aber nicht so unangenehm wie die Nasenmaske. Er wurde dann in die Intensivstation geführt und durfte an einer Plexiglaswand einen Hocker besetzen.

Auf der anderen Seite stand das Bett von Simone, sie lag klein und zerbrechlich unter der leichten Decke, aus der verschiedenfarbige Schläuche zu dem hohen Geräteturm führten, auf den Geräten, die mitunter leise surrten oder klirrten, zeigten die grünen Displays den Blutdruck, die Herzfrequenz, den Puls, die Sauerstoffsättigung in den Lungen und vieles mehr, was Hugo nicht verstehen konnte.

Simone hatte auch einen Plastikritterhelm auf, der ständig belüftet wurde. Wie die Schwester Hugo erklärte, war Simone für eine Intubation zu schwach geworden, so behalf man sich mit intensiver Beatmung über den Plastikhelm. »Wissen Sie, so schonen wir ihr Lungengewebe. Das wird schon durch das Virus arg zersetzt. Wir befürchten, dass sie die Nacht wohl nicht überleben wird. Und dabei ist sie noch so jung.«

Hugo bemühte sich zu einem Lächeln, und Simone schaute ihn aus klaren wissenden Augen an, er konnte die kleinen Fältchen in ihren Augenwinkeln deutlich sehen. Simone sagte etwas zu der jungen Krankenschwester, die neben ihr stand, und diese nahm einen großen braunen Umschlag aus dem Nachttisch und gab ihn einer anderen Schwester in blauem Kittel, die vor der Türe Medikamente ordnete. Diese blaue Schwester kam dann zu Hugo und übergab ihm den Umschlag.

»Sie sind ja der Nachfolger, ich meine der Erbe, falls unsere Befürchtungen zutreffen. Und Simone möchte gern alles geregelt haben. Daher sollten Sie auch persönlich kommen; sie wollte Sie noch einmal sehen. Und sie wollte auch ganz sicher sein, dass Sie dieses hier erhalten.

Sie werden sehen, jetzt wird sie viel ruhiger atmen können. Schauen Sie auf das Display dort oben!«

Und die Schwester wies ihn auf einen der grünleuchtenden Bildschirme hin. Hugos Blicke schwankten nun zwischen Simones Antlitz und dem Display hin und her und die Kurve auf dem Display wurde sichtlich klarer und ruhiger, das konnte sogar er sehen. Als die blaue Schwester ihm auf die Schultern klopfte und zum Gehen aufforderte, erhob er sich langsam, reckte sich, winkte Simone noch einmal zu, sah sie mit den Augen lächeln und dann musste er gehen. Auf dem Flur wurde ihm aus den Schutzhüllen geholfen, der Anzug kam gleich mit den Füßlingen und der grünen Kopfmütze in den Abfallkorb, das Plexiglasvisier wurde in eine Kammer getragen zum Desinfizieren. Den Mundnasenschutz trug er wie alle andern weiter, bis er wieder in seiner Wohnung angekommen war.

Er legte den Umschlag auf die Kommode und setzte sich ans Fenster.

Simone. Wie klein hatte sie ausgesehen. Wo war die taffe Frau, die Geschäfte vermitteln konnte und Bosse zum Zittern brachte? Die so laut und herzlich lachen konnte und mit ihm die Nacht seines Lebens verbracht hatte, eine unstillbare Sehnsucht zurückgelassen hatte, von der er immer noch zehrte?

Nach zwei Tagen kam die Nachricht aus der Klinik über Simones Tod. Sie hatte schon mit einem Bestatter alles geregelt, sie war immer sehr ordentlich gewesen und heute nun war die Beerdigung. Hugo brauchte sich um nichts zu kümmern, was er sehr dankbar annehmen konnte. Simone hatte für ihn noch dieses letzte Gute getan. Er zog das dunkle Jackett an und schaute auf den braunen Umschlag, der noch immer auf der Kommode lag. Er würde in erst nach der Beerdigung öffnen.

Ausblick

Die Wellen schlürften an die aufgeschichteten Steine der Kaimauer. Er setzte sich gemächlich auf eine der Bänke, die an der Promenade, man nannte sie hier Kiellinie, aufgestellt waren – die Landeshauptstadt war sich durchaus selbstbewusst über ihre Wertigkeit im Klaren – und schaute hinüber zum Ehrenmal der U-bootflotte in Laboe. Das Wasser der Kieler Förde wurde nur ganz leicht von einem Ostwind gestreichelt. Er blickte sich um, keine Enten, keine Schwäne, ein paar Möwen schwebten kreischend über der Förde, auf und ab wild mit den Flügeln kurvend, als suchten sie die vielen Schiffe der vergangenen Jahre, aber da fuhr kein weißer Kreuzfahrtdampfer voller Touristen, durch die Pandemie gab es keinerlei Kreuzfahrtschiffe mehr; der Ostseekai lag verlassen da. Nur ein einziges Boot, ein Küstenfrachter, graurot gestrichen, der von der Schleuse kam, dieselte aus dem Kanal; er würde im Haupthafen wohl Fracht aufnehmen, er lag ziemlich hoch im Wasser, er fuhr sicher ohne Ladung jetzt.

Die Kräne der Werft standen still, wie Gottesanbeterinnen hielten sie still und stumm ihre blau gestrichenen Kräne in den Himmel empor, warteten auf ihre Beute, ihre Arbeit, auf Schiffe, die zur Reparatur kamen oder auf Kiel gelegt werden wollten.

Eine kleinere Gruppe von Schülern kam vorüber, Schlenderschritt, entweder war wieder einmal eine

Stunde ausgefallen oder es ging zu einer Art Ausflug ins Museum oder zu einem Praktikum, obwohl, jetzt in Coronazeiten …

Er sah sich die Jungen genauer an, alle trugen Turnschuhe und Windjacken, auf drei schief aufgesetzten Baseballcaps machten sie Reklame für eine Limonade, sie waren so sechzehn, siebzehn Jahre alt; einige hatten die Mund-Nasen-Bedenkung auf, die Coronamaske, auch etwas, was es so früher nie gegeben hatte.

Ja früher. Er grinste in sich hinein.

Diese Jungen hatten es gar nicht so leicht. Noch vor ein paar Jahren gab es keine Pandemie der ganzen Welt mit Coronaviren, da gab es nur die üblichen jahreszeitlichen Erkrankungen: im Frühling das verstärkte Asthma der sensiblen Allergiker, die vertrugen keine Pollen und hatten meist von März bis Oktober ihre Beschwerden. Oder im Herbst kam die Grippezeit mit Nase dicht, Husten, Halsweh, Fieber und Kopfschmerzen. Jetzt war Corona allüberall. Die Medien hatten seit Beginn permanent und akribisch darüber berichtet und jeden Tag gab es neue Zahlen, neue Todesfälle, neue Erkrankungen, neue Rekorde; und dann kam der erste Impfstoff, damit die ersten Begehrlichkeiten, und zu den verständlichen Wünschen der meisten Menschen nach Hilfe, nach Erlösung von dem Übel, nach Begnadigung vom Todesvirus, wie es oft in den Medien hieß, kam auf der anderen Seite die Schwerfälligkeit der Behörden, die Formularwut, das Geschacher um Kompetenzen. Im Fernsehen und in den Gazetten überboten sich die sogenannten Experten mit wichtigen Meldungen und Unwichtigem. Prominente und auch Politiker gaben ebenfalls ungefragt ihren Senf dazu und wohin man auch schaute oder hörte, überall nichts als Pandemie, Corona, Priorisierung von Impfterminen. Es gab Zeiten, da konnte er es nicht mehr hören; er las keine Tageszeitungen mehr und schaltete die Nachrichten in Radio und Fernsehen ab, aber nach zwei Wochen gab er dieses kindische Kopf-in-den-Sand-stecken dann auf. Brav trug er immer draußen seine Maske und vermied möglichst alle Kontakte mit anderen Menschen, er ging nur noch zum Einkaufen von Lebensmitteln aus dem Haus. Innen räumte er auf und las endlich die vielen dicken Bücher, die liegengeblieben waren von Weihnachten, Geburtstagen oder anderen Gelegenheiten, zu denen man ihm diese geschenkt hatte. Er telefonierte viel mit seinen Freunden, denen es ähnlich ging, wie ja allen anderen auch. Und als er dann seinen Impftermin vom Hausarzt erhielt, war er insgeheim doch recht froh.

Er hatte die Impfungen ohne jegliches Symptom überstanden und war ziemlich froh, dass er in all den Wochen und Monaten keine einzige Testung hatte mitmachen müssen, bei der ein hoffentlich Geschulter ihm einen Abstrich mit einem langen Stäbchen aus Nase und Rachenraum hätte nehmen wollen.

Er seufzte leise.

Nein, früher war manches anders, vielleicht sogar besser, wenn er nur an seine Zeit als Student denken musste, da gab es noch kein AIDS, da wurde die reine freie Liebe propagiert; es gab sogar richtige fast wissenschaftliche Begründungen dafür: da hieß es, dass die wahre Menschwerdung erst mit der sexuellen Revolution vollendet werden könne, der sogenannte neue Mensch sollte geboren werden aus einer freien, reinen Beziehung ohne Trauschein, ohne staatliche Verpflichtungen jedweder Art. Love-in, so nannte es sich, es galt als Beweis für ein neues Lebensgefühl. Wobei das Ausleben seiner sexuellen Bedürfnisse wohl doch eher dem Menschen seit der Steinzeit oder früher schon angeboren war, oder?

Da gab es die ersten Kommunen, in denen gemeinsam gekocht und gegessen wurde, es sollte auch das Geschirr und die Wäsche gemeinsam alles gesäubert werden, aber da schieden sich die Geister, da ging man oder besser die meisten der Männer! lieber zu einer der unzähligen Diskussionsrunden, kurz, es war ein herrliches Palavern um des Kaisers Bart, wie es die Altklugen damals nannten.

Heute gibt es das auch noch immer, es heißt jetzt Wohngemeinschaft und ist aus der Not heraus entstanden, weil die Mieten für Studenten so unbezahlbar geworden waren.

Er erinnerte sich noch gut an die Zeit, als zum ersten Mal Haschisch auf dem Universitätsgelände konsumiert wurde, die ersten Joints herumgingen und so mancher in Trance ganze Vorlesungen auf diese Weise überstehen konnte. Die Kleidung wurde auch lockerer, Frauen trugen bunte Stoffhosen, oft unten zugebunden, das sollte ihre Art der Solidarität sein mit den Gequälten der Dritten Welt.

Und diese neue laute Musik, die aus den Transistorradios dröhnte, überall auf dem Rasen, in der Mensa und am Strand, die Rolling Stones zum ersten Mal ihr »Satisfaction« erklingen ließen, es gab Insterburg & Co, Jimmi

Hendricks und Frankie Avalon, Creedance Clearwater Revival, Frank Zappa und Peggy Lee. Die Hosen hatten einen breiten Schlag unten, die Pullis der Mädchen waren bauchfrei, es gab Plateausohlen, Pferdeschwanz und Afrolook. Sie lasen TWEN und KONKRET, sie hatten in der Förde des Nachts nackend gebadet und waren sich wie die Könige vorgekommen, hatten sich frei und ungebunden gefühlt und sich durch Gras und Betten gevögelt und in Flokatis und auf dem harten Kunststoffboden der Seminarräume mit den Mädchen und/oder Jungs geschlafen. Sex war für viele die erforderliche Notwendigkeit, sich lebendig zu fühlen, eine der vielen Möglichkeiten, sich vor der Hausarbeit zu drücken, den Anforderungen eines Stipendiums nach dem Honnefer Modell zu entgehen, die knarrenden Stimmen der dozierenden Professoren zu vergessen. Man dachte nicht an Lues oder Syphilis, hoffte nur, dass man dem Mädchen kein Kind machte, und irgendwann kam die Pille, die Antibabypille für Frauen, und alle waren fröhlich, die Frauen wurden viel sorgloser, es war für die Männer viel einfacher, eine fürs Bett zu finden, oft genug gab es auch Rudelbumsen, meist am Strand, wenn sich eine der vielen Gruppen bewusst oder zufällig traf, unter den Krüppelkiefern oder auf den aufgetürmten Tanghaufen an der Förde, die Sommer waren hell und warm und voller Lachen und warmer Haut, die Winter mit Schnee und Glatteis und Schlittschuhlaufen und Rodeln und Ohrenschützern, da wurde gekuschelt in kleinen Zimmern mit Ofenheizung und die Kohlen musste man aus dem Keller hochschleppen oft bis in den vierten Stock.

Nur in den Studentenheimen gab es überall Zentralheizung, die Studentinnen dort waren sehr begehrt, sie hatten nicht nur warme Leiber, sondern auch warme Zimmer und meist auch eine warme Mahlzeit, das wussten die Studenten wohl zu schätzen. Dann gab es noch das Studium selbst und alles, was damit verbunden war, die Proteste gegen die alten Naziprofessoren und die verkrusteten Studienbedingungen, die Aufmärsche, die RAF, das war die Rote Armee Fraktion, Baader Meinhoff, überall Polizei, überall Kontrollen, und im Sommer die mühseligen Jobs, um genügend Geld für das nächste Semester zu verdienen, denn fürs Blutspenden gab es nur vierzig Mark, das reichte kaum für eine Woche Leben.

Der Mann auf der Bank an der Förde schaute der Gruppe der Jungens nach. Natürlich hielten sie nicht den vorgegebenen Abstand, aber sie waren beisammen. Ja, vielleicht war es das, was heutzutage deutlich so anders war, früher hatten sie alles gemeinsam gemacht, gemeinsames Lernen, zusammen ins Kino gehen, zu einer Feier mit gemeinsamem Essen und viel Alkohol, auf der Kieler Woche nachts dann das Erlebnis vom gemeinsamen Erbrechen auf der Festwiese, am Morgen das Erwachen mit dröhnendem Kopf und dann verteilte einer die Tabletten, Aspirin oder so, am Nachmittag wurde der Kopf dann wieder klarer und es konnte weitergehen.

Und in der Disco, auf den Parties, wichtig war allen doch das Miteinander, das Berühren des weiblichen Körpers, wie es sich anfühlte, so eine sonnengewärmte Haut, das Sich-Anschmiegen, dann wieder das Loslassen, das Mädchen herumschleudern und beim richtigen Rock'n'Roll durch die Beine und über die Schulter schleudern, dann wieder ganz eng, Haut an Haut, Schmusetanz.

Und heute, in den Clubs, jeder drehte für sich allein seine Runden, zuckte hier und dort mit Armen und Beinen, es war egal, ob da ein Tanzpartner war oder nicht, wichtig war das Hämmern der Bässe. Früher gab es Rhythmus und auch noch eine Melodie dazu, die man notfalls auch mitsingen oder grölen konnte, heute ist es nur noch harter Rhythmus, ein Stampfen, Techno nannte man es doch zu Recht, es klang wie eine Maschine, die auf hohen Touren arbeiten musste. Und so bewegten sich auch die Tanzenden, wie Maschinenwesen. Da gab es keine Gemeinsamkeit mehr, keine Partnerschaft.

Vielleicht kam es ja auch daher, dass so viele Angst vor engen Beziehungen hatten, Angst vor einer Bindung, einer richtigen Partnerschaft, weil man sich da einbringen musste, mit der Gefahr, verletzt zu werden, und jeder hat Angst vor Schmerzen, erst recht die heutige Jugend, da will keiner mehr verletzt sein, jeder geht auf Abstand. Nur nicht zu eng verbunden, das könnte ja wehtun.

Nur ganz tief unten, unter all den Schichten der realen, virtuellen oder konkreten Verletzungen lag, wie Hoffnung auf ein Angenommensein, der Wunsch nach Zusammensein, nach Geborgenheit und damit Sicherheit, wie »als Büblein klein an der Mutter Brust«, aber das sollte, durfte und wollte niemand wissen. Also jeder für sich und innerer Abstand für alle. Wie in der Firma, im Büro, auf der Uni und in der Freizeit. Und je mehr Menschen auf diesem Planeten leben, desto größer wird die Unsicherheit und der Wunsch nach Freiraum, nach Abstand; nicht nur im Arbeitsbereich, auch in der Familie.

Insofern kam die Pandemie den Wünschen der meisten gerade recht, Abstand halten, auf Distanz gehen, Maske auf, also sein Gesicht wahren wollen, wie sagte man hier zu seinen Studentenzeiten: Kumm mi nich an de Farv! Komm mir nur nicht an die Farbe, also: Bleib mir vom Leibe! Das galt heute mehr denn je. Und für alle. Das Aufeinander-zu-gehen, so wie er es noch gekannt und erlebt hatte, das wurde heute zu einem sehr seltenen Ereignis.

Nein, heute sagt man »Event«. Alles muss englisch klingen, oder zumindest nach einem Pseudo-englisch, dann ist man auf der Höhe der Zeit. Heute heißt es Individualismus, zugleich aber gab es vor Corona diese Massenphänomene, solch riesige Mengen an Konzertbesuchern wie die in den großen Fußballstadien hat es früher nie gegeben, und selbst wenn man als Zuschauer die Musiker oder den Sänger nur als kleinen Punkt auf der erleuchteten Bühne vom vierten Rang aus erahnen konnte, man war dabei gewesen. Man konnte mitreden, in der dichten Enge der Vielen fühlte man dann doch so etwas wie Trost, wie Sicherheit; dieses Alleinsein in der Masse, das hatte es natürlich auch früher schon gegeben. Aber da gab es auch das Gegengewicht, das Miteinander, das Sich-vertraut-fühlen mit dem anderen oder gar den anderen. Da galten Freundeskreise noch etwas, da war man verlässlich und stand füreinander ein.

Man fühlte sich früher alles in allem frei und zufrieden, trotz der üblichen Schwierigkeiten, wie chronischer Geldmangel, Liebeskummer, Lerndruck gegen Semesterende, lästige Anfragen von Verwandten: Was machst du so? Wie weit bist du schon? Wann machst du dein Examen, und was willst du einmal werden?

Es stand einem alles oder zumindest vieles offen, es gab genügend Stellen in der Wirtschaft und den Behörden, jeder konnte nach einem erfolgreichen Studium davon ausgehen, dass er eine genügend bezahlte Anstellung fand. Oft war mit dem Studienende auch ein Ortswechsel verbunden, so dass die Trennung von der jeweiligen Partnerin vorprogrammiert erschien und auch der Abschied nicht so klammernd erlebt wurde, es sei denn, man ging gemeinsam an neue Orte. Die love-ins kamen in Mode, die Fahrten nach Indien, meist durch Tramp-touren, die Gurus und Selbstfindungstrips, allgemein wurde immer mehr Esoterik gelebt, verbreitet, gelehrt, und so mancher kam darin um, dadurch an den Bettelstab oder in die Psychiatrie.

So gesehen waren die Schüler und Studenten von heute doch etwas besser dran, sie hatten aus sich selbst heraus diese »Fridays-for-Future«-Bewegung aufgebaut, im Augenblick gab es zwar keine Parties in der Disco und auch die Möglichkeiten der Begegnung in einer Gruppe war sehr begrenzt unter den Coronabedingungen, aber es wurden ja immer mehr Menschen geimpft. Irgendwann würde das Virus keine Chance mehr haben und dann könnten alle wieder wie früher miteinander umgehen, ohne Angst vor Ansteckung, ohne Furcht vor eigenem Sterben. So dachten viele, wenn nicht alle.

Er stand auf und streckte sich, schaute noch einmal über die das dunkle, leicht bewegte Wasser der Förde und ging dann über den Rasen wie damals. Er kannte den Weg noch, oben musste er nur noch den Düster-broker Weg queren, dann war er schon bei der Klinik und konnte seine Frau abholen und mit ihr nach Hause fahren.